讲给孩子的

中華文學五千年

古代·上

侯会 著

生活·讀書·新知 三联书店

图书在版编目（CIP）数据

阅读的礼物. 讲给孩子的中华文学五千年. 古代. 上 /
侯会著. -- 北京：生活·读书·新知三联书店，2025.

1. -- ISBN 978-7-108-07908-4

Ⅰ. I109-49

中国国家版本馆CIP数据核字第2024HU1943号

责任编辑　王海燕　王　丹

装帧设计　赵　欣

责任校对　张　睿

责任印制　卢　岳

出版发行　生活·讀書·新知 三联书店

　　　　　（北京市东城区美术馆东街 22 号　100010）

网　　址　www.sdxjpc.com

经　　销　新华书店

印　　刷　河北鹏润印刷有限公司

版　　次　2025 年 1 月北京第 1 版

　　　　　2025 年 1 月北京第 1 次印刷

开　　本　635 毫米 × 965 毫米　1/16　印张 18

字　　数　160 千字　图 113 幅

印　　数　0,001 - 5,000 册

定　　价　468.00 元（全十册）

（印装查询：01064002715；邮购查询：01084010542）

出版说明

　　侯会教授的新书"阅读的礼物：讲给孩子的中外文学五千年"系列，是由《讲给孩子的中华文学五千年》（包括"古代"三册、"近现代"两册）和《讲给孩子的世界文学五千年》（三册）组成。

　　此前本社出版了作者的《讲给孩子的中国文学经典》（四册）和《讲给孩子的世界文学经典》（三册），受到青少年读者的普遍欢迎，总销量达到四十五万册。本次再版，作者在前作基础上做了大幅调整和深度加工。

　　首先在结构上，恢复了早期版本的爷孙对话形式。如中国古代文学和世界文学，是借"老爷爷"之口，利用两个暑期各五十个夜晚分别讲述的；而中国近现代文学，则是利用一个寒假二十八个夜晚讲述的。如此设计，意在给读者带来沉浸式的阅读体验，这也成为本书独具的特色。

　　其次，新版对原有内容进行了全面调整，除了使重点更加突出，还补充了大量有关作家、作品的趣闻逸事，大大增强了可读性和趣味性；一些基本文学常识，也得到进一步梳理与廓清。

　　此外，配合《讲给孩子的中华文学五千年》古代和近代部分内容，作者还专门编选了《讲给孩子的中华文学五千年（作品选）》（两册），以期把古典诗文作品更多更完整地展现给读者；入选作品都详加注译。——考虑到今天图书市场上还没有一部专为中小学生编选的古代诗文选，此书的问世，希望能填补这一空白。

由衷期待新版一如既往地获得读者朋友们的喜爱与支持，也希望能给读者带来新的体验和切实的帮助。

三联书店
2024年10月

目　录

前言

算起来，这已是本书的第九个版本。每次改版，笔者都要写一篇"前言"或"后记"，谈谈写作的初衷，唠唠书的内容和特点。讲来讲去，言多重复，自己都感到有些"絮烦"了。于是偷个懒儿，从此前的序跋文字中节录两段，加上几句说明，聊充前言。

三十三年前，我在初版《中华文学五千年》的后记中说：

有一回，我在一所中学听课。挨着我的一张小课桌上，除了一本语文课本之外，还有这个"参考"、那个"手册"，摆了几乎满满一桌子。我随手捡起几册翻翻，发现有些参考书虽说是专门写给孩子们看的，可内容和形式多少总有点刻板，缺少一种亲切感。

那时我就想：在生活里，我们可不是这么跟孩子讲话。我们通常是弯下腰去，平视着孩子的眼睛，尽量拣他们听得懂的字眼儿，小心选择他们能理解的句式，慢慢地讲着——可为什么一拿起笔，这些常识就被忘记了呢？也许原因正在于，当你面对稿纸时，没有一双好奇的亮眼睛望着你！

这说的是写书的缘起。而在十二年前的版本（已改称《讲给孩子的中国文学经典》）序言中，我用五个比喻描述这本书：

> 当您打开这本书时，您等于同时打开了五本书！第一本是简明而完整的中国文学史……第二本是有问必答的"家教"辅导书……第三本是群星灿烂的文学家辞典……第四本是披沙拣金的古诗文精选本……第五本是生动有味的文学掌故集……

有朋友开玩笑说，还应补上第六本：精美的文学家肖像集和名著插图集。——您已经听出来，这些描述多少带着点"王婆卖瓜"的味道，但也基本是事实。只是时过境迁，对于眼下的新版本，一些描述已经不够准确。

如第三本的"文学家辞典"和第四本的"古诗文精选本"，在新版中又有了新的处理方式。考虑到书中引用诗文原典往往限于篇幅，不能展示全貌（如《诗经》的《关雎》只引了一章，而一些散文辞赋更是只能截取一小段），我采纳了读者朋友的建议，另外选编了《讲给孩子的中华文学五千年（作品选）》（两册），选录了二百多位中国古代（包括部分近代）文学家的近七百篇诗文作品；作者有简介，诗文有注译，把经典之作尽可能完整地展现给读者。

至于第五本"文学掌故集"，在新版中又有所加强，增添了不少有关文学家的生活逸事、创作趣闻，用来"软化"学术的严肃面孔，让讲述更加生动。为了帮助读者更清晰地认识文学，新版对一些文学知识，也做了进一步梳理与廓清。

此外，本书能获得读者青目，大概还跟独特的框架结构有关。最早的版本设计了这样的场景：在暑期的五十天里，老爷爷每晚在大槐树下给孙儿讲文学故事；五十讲各有主题，前后相衔，勾勒出中国文学发展的大致脉络。这一独特的设计，深受读者欢迎。

在后来的版本中，也曾尝试把爷孙对话改成平直的叙述，虽然自有优势（如脉络更加清晰有序），毕竟少了些许生动活泼。接受读者的建议，新版恢复爷孙对话的框架。而新版的命名，则综合此前用过的书名，改题《讲给孩子的中华文学五千年（古代）》，仍然沿用启功先生对本书的题签。

本书最近几个版本的修订出版，获得三联书店王海燕女士的深度参与和有力推动，最新版本的编辑工作还得到王丹女士的全力襄赞，在此一并表示感谢。

侯　会

甲辰立冬，于京畿大兴与德堂

第 1 天

华夏神话说女娲

附早期文字

大槐树下说经典

沛沛家的庭院里，有棵大槐树。碧绿的树冠遮天蔽日，坐在树下，就是三伏天也觉着凉风习习。吃过晚饭，沛沛把藤椅摆在树下，给爷爷沏好一杯龙井茶——他一直盼着这个时刻呐！

沛沛今年小学毕业，爷爷早就答应过：放了暑假，每天晚上给他讲一段文学故事。今天是放假头一天，沛沛巴不得天快点儿黑下来才好。

爷爷刚刚在藤椅中落座，沛沛就迫不及待地问："爷爷，咱们中国古代有多少文学家啊？"

爷爷呷了口茶水，不慌不忙地说："这可是个难题。这样说吧，在古代，凡是读书人，哪个不会吟两首诗、转（zhuǎi）两句文呢？可是'文学家'的帽子却不是人人能戴的。他们的作品——甭管是诗文辞赋，还是戏曲小说，都得经得起时间的考验，不但让当时的人喜欢，还能流芳百世成为经典。

"话又说回来，中国有着五千年文明史，一朝一代数下来，文学家人数也就很可观；名声响亮的，至少也有上千位！

"至于作品，那就更多啦。有一部《全唐诗》，是清代人搜集整理的唐诗总集，收录了唐诗将近五万首，这还仅仅是诗歌哩！唐代还有大量散文、骈文、传奇小说、曲子词……如果细说，单是这一朝的文学，就够讲上一年半载的！

"那么唐以前的《诗经》、楚辞、乐府、汉赋，唐以后的宋词、元曲、明清诗文、章回小说……精彩内容还多着呐！"

爷爷顿了一下，掐指算了算："一个暑假五十天，每天讲个把钟头，也只能拣重要作家、主要作品说说——自然，像屈原、陶渊明、李白、杜甫、白居易、苏轼、陆游、辛弃疾、关汉卿、罗贯中、施耐庵、汤显祖、蒲松龄、曹雪芹……这样的大文学家，是尖子里的尖子，咱们都会拿出一天来做专门介绍。

"其他一些有影响的作家作品，也不能轻易'割爱'，或者一天介绍三五个，或者介绍大家时插空说两句，争取'一个都不能少'。——五十天下来，刚好把五千年的文学经典大致说一遍。"

沛沛听了，打心眼儿里高兴，不由得叫了一声："爷爷，那咱还等什么？"

以下是爷爷的话。

盘古开天，女娲造人

无论是诗歌、散文，还是戏曲、小说，它们有个共同的老祖宗，叫"神话"。

神话是何时诞生的呢，还真不好回答。这么说吧，自从人类学会用语言交流，神话就产生了。——这就不能不简单回顾一下人类的发展历史。

3

我们知道，人跟某种猿类有着亲缘关系，而由猿变人的过程，在七百万年前就开始了。经过长期进化，人类大约在三百万年前已能直立行走。至于学会用语言交流，应该是二十万年前的事。——而神话的编织，从那以后就开始了。

那时的人类虽然学会了用火，能用石头打制简单的工具，可日子过得十分艰难。他们披的是树叶、兽皮，吃的是野果、兽肉，常常是饥一顿饱一顿的。遇上干旱、洪水、山火、瘟疫，处境就更糟。

生活中的艰苦与危险，常能刺激人们的想象。譬如天上打雷，人们就拟想有位主宰天地的大神发了怒；当洪水滔天时，他们又想象那是神灵在惩罚人类。人们无力抵御大自然的侵害，总渴望有神灵或英雄前来拯救他们……

于是无数生动奇妙的神话，便从人们的脑瓜儿里产生出来。这要算人类最早的"文学创作"了。神话又分成好多类：创世神话、始祖神话、洪水神话、发明创造神话、战争神话……

啥是"创世神话"呢？这类神话专门解答这样的问题：世界是怎么形成的？人又是从哪里来的？——世界各族文化中都有这类神话，而我们中国的创世神话还不止一则哩。

就来看看"盘古开天"神话吧。相传在世界产生之前，天地混沌一团，如同一枚大鸡蛋。大神盘古便在这"鸡蛋"中孕育生长，历经一万八千年，天地分离，阳气轻盈，上升为天空，阴气重浊，下沉为大地。中间的盘古每天长高一丈，天、地也跟着分别升高、增厚一丈。直至某一天盘古停止了生长，天地也便稳定下来。

至于万物的形成，也跟盘古有关。相传盘古临死时，周身发生了微妙变化：呼出的气形成风云，发出的声响便是雷霆，左眼变成太阳，右眼变成月亮，四肢五体形成四极五岳，血液流成江河，筋脉变作山川道路，肌肤成了肥田沃土，头发髭须变作星辰，皮肤汗毛变成草木，牙齿骨骼变作金属岩石，骨髓化作珍珠美玉，汗水挥洒，变成滋润万物的雨水，身上的各种小虫，跳蚤啦，虱子啦，散落下来，变成了黎民百姓。

这最后的变化，可有伤人类自尊心，因而人们宁愿相信人是女娲（wā）造出来的。

女娲是另一则创世神话的主角。据说开天辟地时，世上本没有人。于是女娲拿黄土捏成人形，创造了人类。后来她捏得不耐烦，便拿草绳裹上泥巴充数，只是这样造出的人平庸低贱，于是人群也便有了贵贱之分。

女娲还在正月初一创造了鸡，初二创造了狗，初三造猪，初四造羊，初五造牛，初六造马，初七造人，初八造谷子。——古人称正月初七为"人日"，把这一天视为全人类的生日。

人类自打一落生，便灾难不断。最严重的一回，天塌地陷、大火延烧、洪水横流，猛兽恶鸟也出来残害人类，仿佛世界末日已经来临。

在这当口，又是女娲挺身而出，熔炼了五色石块，补好天上的裂缝；又砍下神龟的四脚，撑好天空四角；还杀死兴风作浪的黑龙；又把芦苇灰堆起来，堵住滔滔洪水……老祖母女娲再次拯救了人类！

女娲在众神中地位极高，她还是"三皇"之一。"三皇"是

西汉帛画（局部），上部中央为女娲，另有日、月、神龙等图案

谁，说法很多。其中一种说法是伏羲、女娲和神农。还有学者说，伏羲便是盘古，这两个名字在上古发音一致。

羿射十日，大禹治水

当然，拯救人类的不只有女娲，还有后羿（Yì）和大禹。传说尧做国君时，天空中出现十个太阳，庄稼和草木都被烤焦了，百姓好像住在火焰山上。尧于是把一张红弓、一袋白箭交给神箭手后羿，要他拯救黎民。

后羿一口气射下九个太阳，射得乌鸦毛乱飞，原来每个太阳里都蹲着一只三脚乌鸦——后世诗人因而把太阳称作"金乌"。后羿还一鼓作气把地上残害人民的毒蛇怪兽也收拾干净，并把大野猪蒸成肉酱献给天帝。没承想天帝正生他的气呢。原来后羿射下的九个太阳，竟是天帝的九个儿子！

相传后羿还从西王母那儿弄来长生不死的仙药。他自己舍不得吃，反被妻子嫦娥偷偷吞吃了。嫦娥吃了不死药，便飘飘荡荡飞到月亮上去了。这就是咱们常说的嫦娥奔月的故事。嫦娥孤零零一个人住在月宫里，别提多冷清了。——"嫦娥应悔偷灵药，碧海青天夜夜心"，这是后世诗人对嫦娥境遇的描摹。

另有传说，那么漂亮的嫦娥，到月亮上竟变成一只蟾蜍（chánchú），也就是俗称的"癞蛤蟆"。谁让她偷吃英雄的不死药呢？活该！

大旱倒是消除了，可老天又下起大雨来。一时间洪水滔天，百姓们大半跟鱼虾做了伴儿。有位叫鲧（Gǔn）的人偷了天帝的"息壤"来堵塞洪水——息壤是一种神奇的土壤，一小块就能长得老大老大。天帝得知宝贝被盗，大发雷霆，派火神祝融把鲧抓去杀掉了。

鲧的儿子叫禹，子承父业，继续治水。不过他采取

寂寞嫦娥舒广袖（王叔晖绘）

的法子不是堵塞，而是疏导。禹外出治水时，跟妻子涂山氏约好：需要送饭就敲鼓为号。

禹到了治水工地，现出原形，竟是一头大熊！他使蛮力开山，不小心把石块抛到鼓上。涂山氏听到鼓声来送饭，见丈夫竟是这副模样，羞得无地自容，便跑到嵩山下，化作一块石头。

禹边追边喊：还我儿子，还我儿子！——涂山氏这时已经有孕在身。禹的话音没落，石头裂开，蹦出个小娃娃，就是禹的儿子启。启有"开"的意思。

禹埋头治水，"三过家门而不入"，终于让洪水乖乖流入大海。人们拥戴他做了国君，开创了夏朝。不过他临终时，让儿子启继承了帝位。——以前的部族领袖是由众人推举的，谁有能力，首领便把位子让给他，这叫"禅（shàn）让制"；到了禹这里，

大禹陵

变成了父死子继、兄终弟及的"世袭制";"公天下"从此变成了"家天下"。这大约是距今四千多年前的事。

话说炎黄

禹之前,还有个"五帝"的说法,那是指黄帝、颛顼(Zhuānxū)、帝喾(Kù)、尧、舜,也有说是太皞(hào)、炎帝、黄帝、少皞、颛顼的。

中国人自称"炎黄子孙","炎"即指炎帝,又称"神农氏";"黄"指黄帝,又称"轩辕氏"。炎、黄两家据说本是同母异父的兄弟,不知怎么一来,双方动了刀兵。这场争斗打得难解难分,最凶恶的两场战役发生在阪泉和涿鹿。

俯瞰轩辕陵

涿鹿之战是在黄帝与蚩（chī）尤之间展开的。蚩尤相传是炎帝部下，有兄弟八十一人，个个铜头铁额，身如野兽，口吐人言，不食五谷，专吃沙石。刀啊，戟啊，弓弩啊，相传全是蚩尤发明的。

黄帝派了擅长水战的应龙去对阵，不料蚩尤抢先一步，请来风伯、雨师，纵起一场狂风暴雨，搞得应龙束手无策。幸而黄帝及时请来天女旱魃（bá），也就是干旱女神。她一来，风雨都失去了威风，蚩尤只好束手就擒。

黄帝得胜，骑着龙上天，做了位居中央的天帝。炎帝呢，做了南方的天帝。东、西、北三方也各有天帝主持。——这虽然是神话传说，却反映了远古各民族有斗争也有融合的历史图景。

在有关炎、黄二帝的传说中，炎帝似乎更有亲和力。黄帝的帝位是靠武力夺来的，炎帝却重视道德修养，他还是农艺师，亲自教百姓播种百谷，因号"神农氏"。他又是医药之祖，采摘草药为百姓治病。每采到一种药草，他都要亲自尝尝，据说曾在一天之内中毒七十回！从这夸张的描写中，还能看出百姓对他的爱戴和感激。此外炎帝还是音乐家，五弦琴相传就是他发明的。

神农

精卫填海，夸父逐日

还有一些神话，流传时间可能要晚一点儿，像"精卫填海""夸父逐日"啥的。

精卫是一种鸟，样子像乌鸦，头上有花纹，白嘴红爪，叫起来像在喊自己的名字："精卫！精卫！"传说她是炎帝的女儿，到东海去游玩，不小心掉到海里淹死了。但她的灵魂不灭，化作飞鸟，每天从西山叼了石子、树棍，千里迢迢去填东海。——精卫的行为有点儿可笑是不是？靠石子、树棍，想把大海填平，简直是做梦！不过一只小鸟儿，竟敢向浩瀚的大海挑战。这精神真是太可贵了！

"夸父逐日"跟"精卫填海"有点儿共同之处。夸父是个巨人，他见太阳东升西落跑个不停，就异想天开要跟太阳赛跑。跑

夸父逐日

啊跑啊，夸父一直追到太阳落下的地方，跑得又热又渴。他俯下身子喝干了黄河，又喝干渭水，仍旧没能解渴，还想到北方的大泽里去找水喝。——可人没走到，就渴死了。他的手杖丢在路边，化作一片大桃树林。

后人怎么评价夸父呢？有人说他不自量力，活该渴死！也有人称赞他有理想，有信念，敢于征服大自然。——"女娲补天"和"后羿射日"歌颂了天神和救星，"精卫填海"和"夸父逐日"赞美的却是人类自己。这里面包含着"人定胜天"的思想。你看，人已经在自然面前站起来啦！

华夏之族的神话传说还多着呢，我们熟知的，还有"燧（suì）人氏取火""有巢氏造屋""刑天舞干戚""共工触山""吴刚伐桂"……这些神话最早只是口头流传，因为那会儿还没有文字呢。待文字发明后，才有人把这些口耳相传的神话用文字记录下来。

记录神话较多的文献，有《诗经》《楚辞》《山海经》《吕氏春秋》《淮南子》《搜神记》等。《左传》《史记》《汉书》等史籍也记录了一些。这些典籍大多出现在战国、秦汉时期。当然，神话的源头则要早得多，应该不止五千年。

仓颉造汉字，文学有依托

时间不早了，远处街市传来的车声、人声也渐渐沉寂下来。可沛沛的兴趣还挺浓，非要爷爷把汉字的来龙去脉说清楚不可。

爷爷笑了笑："人类使用文字的历史，应该不超过一万年。据统计，世界上的文字有四五千种之多；大致分为表音、表意两大类。咱们使用的汉字属于象形表意文字，每个方块字都是音、形、义的结合。——关于汉字的发明，也有个神话呢。

"据说最早发明文字的人叫仓颉（jié），是黄帝的史官。仓颉模样古怪，长着四只眼。他见到地上的兽蹄印儿、鸟爪印儿，灵感涌上心头，就创造了汉字。

"相传仓颉造字时，'天雨粟，鬼夜哭'。怎么回事呢？有人解释说：掌握了文字的人，就不用再下地种田吃苦了，等于天上降粟米一样——这跟'书中自有千钟粟'是一个意思。至于'鬼夜哭'，原文应是'兔夜哭'；古人写字的毛笔是用兔毫制作的，兔子当然怕得要命啦！

"不过神话从来都是虚构的。真正创造文字的，应该是古代的史官及占卜者，是专门从事写记活动的人。就是真有个仓颉，他的功劳至多是把众人创造的文字做一番整理罢了。

"最古老的汉字要算商代的甲骨文了。那时的人普遍迷信，遇事总要用龟壳兽骨占卜一番。占卜的事由、结果，用文字刻在龟甲兽骨上，这种文字因称'甲骨文'。

"稍晚一些，商、周青铜器上铸有一种更加成熟的文字，叫'钟鼎文'或'金文'。

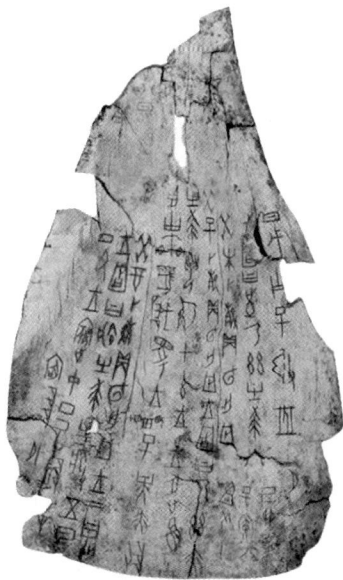

刻着卜辞的牛肩胛骨

13

约三千年前，周宣王曾下令对汉字做过一番整理，形成一种比较规范的文字，叫'籀（zhòu）书'，又叫'大篆（zhuàn）'或'古文'。

"秦始皇统一中国，特命丞相李斯再次整理文字。这次统一的文字叫'小篆'。小篆漂亮极了，笔画及拐弯又圆滑又流畅，看着就是一种享受！

"可是小篆笔画烦琐，中看不中用。衙门里的书吏整天跟文字打交道，送给上级的文件，他们不能不耐着性子用小篆抄录；可是发给下级徒隶的公文，就抄得马虎多了：拐弯的圆弧变成了直角，笔画也能省就省。这种专供徒隶们看的字体，就叫'隶书'。由于隶书便于书写，到了汉代，便成了通行的文字。这以后，又有草书、行书、楷书产生出来，汉字也变得越来越简便、实用。

"而随着写记的需要，新字也被不断创造出来。战国时出现的最早辞书《尔雅》，收单字四千三百多个；东汉人许慎作《说文解字》，汉字已增加到九千多个。清代的《康熙字典》收字四万七千个。而当代学者编纂的《汉语大字典》，共收单字五万六千个。就这样，还有不少字成了'漏网之鱼'。也有人统计，从古到今的汉字加起来有八九万之多；不过常用的汉字只要三四千，也就足够了。

"咱们中华民族有了如此完备、成熟的文字，还愁创作不出优美动人的文学作品来吗！"

第 2 天

儒家经典

《书》《易》《礼》

经书是怎么一回事

"爷爷，我常听人说'四书五经'，那是几本什么样的书呀？"今天是放暑假的第二天。吃罢晚饭，又到了听爷爷讲文学的时间。

"那是几本非常古老的书——今儿个咱们就从这儿说起吧。"爷爷喝了口茶，慢慢地讲道，"我们把秦始皇统一中国以前的漫长岁月，统称'先秦'。而'五经'就是指先秦时期的五本古书：《易》《书》《诗》《礼》和《春秋》。

"为什么叫'经'呢？经字的本义，是指布帛上的经线——布帛是由经线和纬线交叉织成的。由于先有经线，后有纬线，'经'就有了初始、准则的意思，后人因而用它比喻最初的真理。在儒家学派的人看来，'五经'就是五部记载儒家真理的书，是儒家学派的经典著作，然而里面都包含着文学的因子。

"说起来，这五部书也没啥神秘的。它们有的是诗歌总集（《诗》），有的是古老的档案资料汇编（《书》），有的是占卜书（《易》），有的是礼仪规范（《礼》），有的是记述历史的流水簿（《春秋》）。要说有什么与众不同之处，那就是它们的年纪都够老，再加上秦始皇焚书后，这五部书还能侥幸保存下来，更是物以稀为贵啦。——最早还有一部《乐经》，可惜没传下来。

"儒家学派于是拿这五部书做文章，又是解释，又是发挥，还把自己的主张塞进去，好证明自己的意见早就在古书里写着呢。如此一来，'五经'也变得越来越神圣了。仿佛书中的每句话、每个字都包含着不同寻常的深意。这些情况，当初作书的人一定做梦也想不到。

《五经正义》南宋刻本

"以后又从'五经'中衍生出更多的经书，到了宋代，儒家经典已增至十三部，因而又有'十三经'的说法。它们是《周易》《尚书》《诗经》《仪礼》《礼记》《周礼》《春秋左传》《春秋公羊传》《春秋穀（gǔ）梁传》《论语》《孟子》《孝经》和《尔雅》——昨天说过，《尔雅》是世界上最早的字典，人们读经书时总要用到，久而久之，《尔雅》也变身经书啦！

"至于'四书'，那是指'十三经'中的《论语》《孟子》和《礼记》中的《大学》《中庸》两篇。南宋学者朱熹（xī）认为儒学要义全都包含在'四书'里。——今天先来说说'五经'中的《书》《易》和《礼》吧。"

沛沛点点头，不觉打点起精神来。在他看来，这几部书既高深又神秘。

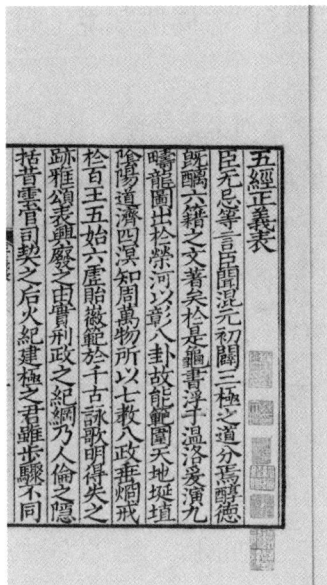

"殷盘""周诰"说《尚书》

《尚书》简称《书》，又称《书经》。"五经"之中，它的资格最老。"书"本来有书写、记录的意思。《尚书》的内容，便是上古帝王、大臣们的言论记录。

今天我们见到的《尚书》，有五十八篇文章，分为"虞夏""商"和"周"三部分，又有"典""谟""训""诰（gào）""命"等名堂。如前所说，《尚书》是一部中国上古列朝的档案集。

如果从文学角度看，《尚书》又是最古老的散文集。——古代所谓"散文"，是跟"韵文"对照着说的：一切诗词等押韵的文字，都叫韵文；韵文以外的文体，则称散文。《尚书》里的文章多是谈话记录、演讲稿，当然也都是口语化的散文啦。

《尚书》"虞夏"篇中收录了夏朝及夏朝以前的文献，如《尧典》《舜典》，是唐尧、虞舜的谈话录，记录的是四千年前的声音。

不过由于年代隔得远，三四千年前的口语，我们今天听起来却古奥难懂，唐代散文家韩愈形容《尚书》难读，说是"周《诰》殷《盘》，佶（jí）屈聱（áo）牙"——"佶屈聱牙"是形容文字艰涩拗口，而"周《诰》殷《盘》"则指《尚书》中的两篇重头文章——殷商的《盘庚》和西周的《大诰》。

"盘庚"原是一位商王的名字，他打算把商的都城从黄河以北迁到殷那个地方去，原因据说是旧都常常受水害侵袭。可是国人恋着田园故土，不愿"挪窝儿"。盘庚于是向大臣发表演说，一来讲明迁都的理由，二来训诫大臣们要同心同德，不可阳奉阴违。大概盘庚已经调查清楚了：百姓不愿迁都，都是贵族暗中煽动的结果。

盘庚的态度坚决，讲话软中带硬，还带着居高临下的语气。后来盘庚迁都成功，商朝也因此愈发强大。商朝由此又称"殷"或"殷商"。而这篇《盘庚》就收在《尚书》的"商书"中。

《大诰》则是"周书"中的名篇，作者是周公，也就是周武王姬发的弟弟、周成王的叔叔姬旦。武王灭掉殷商，仍把纣（Zhòu）王的儿子武庚封在殷这个地方，算是优待前朝贵族；同时命令自己的两个兄弟管叔、蔡叔监视武庚。

武王死后，儿子姬诵还是个"毛孩子"，即位为周天子，史称周成王；由叔叔周公代他掌权。管叔、蔡叔心怀不满，就跟武庚一道造起反来。周公被逼无奈，只好起兵迎战，这可是兄弟相残啊！《大诰》便是周公东征前发布的文告，用的却是周成王的口气。

文中把治理国家比作渡过深渊，说明当时语言中已能纯熟地运用比喻之类的修辞手法。成王还很年轻，因此文中语气也很谦逊，但道理却讲得一点儿不含糊！那时的散文，已能清楚地表达作者的思想和情态。

《尚书》书影

《无逸》：儿子休要骂老子

《尚书》"周书"中还有一篇《无逸》，据说是周公与成王的谈话记录。周公唯恐成王只贪图享乐，难成大器，便讲了这番话——"无逸"就是"不要贪图安逸"的意思。文章的第一段是这么写的：

> 周公曰：呜呼，君子所其无逸！先知稼穑之艰难，乃逸，则知小人之依。相小人，厥父母勤劳稼穑，厥子乃不知稼穑之艰难，乃逸，乃谚既诞。否则侮厥父母曰："昔之人无闻知！"

这段文字换成今天的话就是：周公说，哎，君子身居重位，可不能贪图安逸啊！先得体会种田的艰辛，然后再考虑享乐，才能知道人民内心的痛苦。你看那些小民，他们的爹娘辛苦种田，当儿子的却不知务农的辛苦，只想着吃喝享乐，又缺乏教养、粗暴放任，甚至看不起他们的老子，说是你们这些"老背时的"知道个啥？

通篇是口语记录，因而十分灵动。模仿起民间"时髦青年"的口吻，惟妙惟肖。底下周公又讲古论今，语重心长地讲了不少。这些话语，能让你看到一位老臣的耿耿忠心。

自汉朝以后，《尚书》特别受重视。它成了封建社会的政治哲学经典、帝王的治国课本，还是贵族子弟跟士大夫必须遵循的"大经大法"。它的地位，实在是高得很。

"天听自我民听"

《尚书》中还有一篇《泰誓》，是周人与殷商决战之前，周武王所做的战争动员——"誓"即出兵前的誓词。

古人迷信天命，周武王也不例外。他在誓词中说，商纣王不敬上帝、沉湎酒色、残暴嗜杀、族灭百姓、任用小人、大兴土木……总之，坏事做绝、恶贯满盈！因而"天命诛之"（上天要诛杀他），如果我不顺从天命，我便与他同罪了！

《泰誓》中又说：上天怜悯百姓，百姓有啥愿望，上天一定会满足。"天视自我民视，天听自我民听。"——上天没有眼睛、耳朵，是通过百姓的眼睛、耳朵来看、来听的，所做的决定，自然也不会违背民心。

看来，三千年前的统治者已经认识到百姓的力量，认为就是高高在上的"老天"，也要顺从民心。

今天我们看到的《尚书》，已非原貌。据说早先《尚书》有一百篇，可惜被秦始皇一把火烧掉了。其间有个伏生偷偷藏起一部来，劫后拿出，却只剩了二十九篇。伏生便用这个残本来教学生。学生们你抄我抄的，用的全是当时流行的隶书体，因而这部书又称《今文尚书》。

西汉初年，鲁恭王为了扩大自己的住宅，拆掉了相邻的孔子旧宅，从夹壁墙里又拆出一部《尚书》来。因为是用古体字抄写的，称《古文尚书》。这部书比伏生的那部多出十六篇来。可惜这两部书都已失传。

我们今天读到的《尚书》，是东晋时发现的，共五十八篇。里

山东曲阜的鲁壁，相传《古文尚书》就是从这里拆出来的

面应当包含伏生的二十九篇，另一些则可能是汉代人补写的。

谁说《周易》"老掉牙"

"五经"当中，《易》最为神秘。其实这是一本很实用的算卦书。算卦古称占卜，几千年前的人难以把握自己的命运，一动一静都要占卜一番。商代占卜常用龟甲和兽骨（一般是牛的肩胛骨）。占卜时，先在甲骨上钻个眼儿，再拿到火上去烧，观察眼儿周围的裂纹来判断吉凶。

随着农业的发展，狩猎和畜牧渐渐衰微，甲骨并不是总能找到，于是人们渐渐改用蓍（shī）草来占断吉凶。

蓍草是一种长寿的草，到处都能找到。人们认为它阅历久，有灵性，能知过去未来，便用它来代替甲骨，并把这种占法称作"筮（shì）"。

筮的方法现在已经失传了。有人推测可能跟数字有关。比如拿一把草秆儿数一数，看看是奇数还是偶数。当然也可能是把整根的和断开的草秆儿排列起来，组合出一些变化的图形。久而久之，便产生了八卦。

关于八卦的产生，有不同的传说。有一种说法是，一匹龙马从黄河浮出，背上驮着"河图"；又有一只神龟从洛水出来，背上驮着"洛书"。于是伏羲以"河图""洛书"为蓝本，又参考天地万物，创造了八卦。——这自然都是神话。八卦兴起在商末周初，很可能是巫师或专管卜筮的官儿们归纳出来的。

八卦的基本单位只有两个，一种是整画"—"，叫阳爻（yáo）；一种是断画"--"，叫阴爻。把阳爻、阴爻三个一组结合起来，可以排出八组不相重复的卦。八卦各有专名，各指代一种事物。

这八卦是☰、☱、☲、☳、☶、☵、☴、☷，名称为乾、兑（duì）、离、震、艮（gèn）、坎、巽（xùn）、坤，分别代表天、泽、火、雷、山、水、风、地。

可是八卦太简单，又怎么能拿来代表万事万物呢？于是有人把八卦两两重合，排列成六十四组不相重复的卦象。每一卦象包含六画，也

阴阳八卦图

就是六爻；六十四卦合起来，总共有三百八十六爻。——本应是三百八十四爻，《乾》《坤》两卦各多出一爻来。

据说把八卦推演成六十四卦的人是周文王姬昌，他被商纣王囚禁在羑里（Yǒulǐ）那地方，坐牢时闲得无聊，就像玩魔方一样搞啊搞的，终于推演出六十四卦来。

记录并讲解这些卦象的书就是《易》。——先前叫《易》的书有三部：《连山》《归藏》《周易》，合称"三易"。可惜前两部已经失传，只剩了一部《周易》。

书名中的"周"，是指周代。"易"呢，说法不一，有人说是简易的意思，因为用蓍草占卜比用甲骨容易得多。也有人说"易"是变易、变换的意思，《周易》中不是说"穷则变，变则通，通则久"（穷：困窘。通：通达。久：久远。）吗？

这么复杂的体系，它的基本单位只是阴爻和阳爻。这个道理启发了西方科学家，他们在发明计算机时，就参考了中国八卦的体制，建立了二进制模式。——谁说八卦老掉牙？它所包含的认识机制，至今还焕发着生机呢！

自强不息，厚德载物

《周易》又分为《易经》和《易传》两部分。《易经》是主体，记载六十四卦、三百八十四爻及其解说词，称"卦辞""爻辞"，统称"繇（zhòu）辞"。

《易传》是解释、阐发《易经》的书，有多种，如《文言》《彖（tuàn）》《象》《说卦》等，有的还分成上下篇，总共有十种之多，像是给《易经》插上翅膀，因称"十翼"。

过去都说《易传》是孔子作的，这当然是借着孔子的大名给《周易》贴金啦。据学者考证，《易传》里包含着不少战国和秦汉时人的观点主张，那时候孔老夫子早已不在人世了。

试着从《易经》《易传》中挑出一两句对今天影响尚存的格言来，《乾》《坤》两卦的《象》辞肯定能入选。试看《乾·大象》：

象曰：天行健，君子以自强不息。

这是对《乾》卦总体精神的概括。《乾》卦代表天，而"乾"与"健"同，有强壮、刚健之意。——世上万物皆有盛衰，但只有"天"不会疲倦，你看：日升月落、四季交替，周而复始，"天"何曾有过片刻的懈怠？

"天"的刚健之德感动了君子，君子也因而奋发自强、拼搏不止。《乾》卦爻辞中有"君子终日乾乾"，讲的便是这个意思。

儒家学派主张"温良恭俭让"，给人以阴柔的印象。然而其内在精神却是刚健纯粹、中正不倚的，一旦目标认定，便矢志不渝、决不放弃！

再来看《坤·大象》：

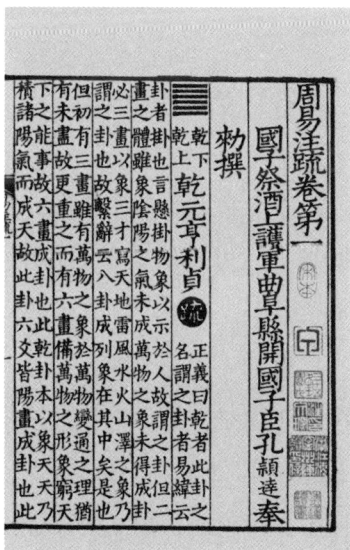

《周易注疏》书影

清华大学校徽

象曰：地势坤，君子以厚德载物。

《坤》卦代表大地，有着辽阔深厚、承载万物的胸怀体魄；精神上与《乾》卦相对，以柔顺、承受为德，体现为宽厚包容的品德，这同样感化着君子。

清华大学是中国数一数二的高等学府，其校训"自强不息，厚德载物"八个字，即取自《乾》《坤》两卦的《象》辞。——勇猛精进而又谦逊宽容，这不但是对青年学子的要求，也已成为我们中华民族的精神追求！

《周易》爻辞美如诗

在专掌卜筮的人看来，卦辞、爻辞里面，都充斥着吉凶祸福的征兆。可是从文学的角度看，有些卦爻辞竟是很好的文学作品呢。

譬如《周易·睽（kuí）》卦的爻辞，记述了旅行者途中的见闻，很像是一篇历险记。这位旅行者在途中"见豕（shǐ）负涂，载鬼一车"（见到一口猪躺在泥地上，又见一车鬼向他驶来）。他刚要拉弓射箭，却又松开弓弦——原来那不是鬼，是一车穿得花里胡哨的乡亲，赶着车去迎接新娘呐。

另有《贲（bì）》卦，说的也是迎亲的事。男方到女家迎娶新娘，写出发前的准备，路上的情景，到女家后送上聘礼的过程。女家嫌礼物带得少，还闹了点儿小摩擦，都叙说得十分生动。

有些卦爻辞像诗歌一样美，不但韵脚和谐，节奏也显得明快跳荡，像《贲》卦第三爻的爻辞说：

贲如皤如，白马翰如，匪寇、婚媾。

意思是说：那旁有人骑着骏马，毛色雪白略带纹路，马鬃飘飘好不威武，不是盗寇而是迎亲的队伍。——那个时代大概盛行抢亲的习俗，娶亲的人骑着骏马在大路上驰骋，让人闹不清是迎亲的新郎，还是打家劫舍的强盗！

由于一些卦爻辞中含着很深的寓意，因此人们常把《周易》看成蕴含哲理的书，《易传》的解释把《周易》更加哲理化，里面又塞进不少儒家学派的大理论。就这样，一部古代的卦书，俨然变作庄严而神秘的儒家经典。在古代，解释《周易》的专著有成百上千种。那时的《周易》，真算得上一门大学问啊！

"三礼"中的《仪礼》和《周礼》

再来看看"五经"中的《礼》吧。儒家最看重"礼"，孔子不是说过吗，"非礼勿言，非礼勿视，非礼勿听，非礼勿动"。也就是不合礼仪的话不但不说，听都不要听；不合礼仪的事不但不做，看都不可看！

孔子推重的是周礼，那是周公继承夏、商两朝的礼仪制定出来的，其中既包括政治制度、伦理规范，也包含祭祀以及日常生活中的种种礼仪规矩。

不过到了春秋时，周室衰微，"礼崩乐坏"，没人再把礼当一回事。孔子对此痛心疾首，提出"克己复礼"的主张，还拿《礼》当课本来教学生。

《礼》最早指《仪礼》，今存十七篇，内容很"实在"，不探讨礼的意义，只讲究礼仪的程式和细节：行礼者如何穿衣、如何站位、如何揖拜、如何祭献，一举一动都有详细的说明。

例如开篇的《士冠礼》，讲的是贵族子弟的成人礼，也就是加冠礼。贵族子弟长到二十岁，要给他戴上"士"的帽子，表示已经成年，要承担起家族与社会的责任来。"士"是贵族的最低一级。

不过这顶帽子可不好戴，先要举行占卜，以确定良辰吉日。届时还要组织"亲友团"助阵，并请贵宾到场主持。加冠的仪式异常烦琐，中间要梳三次头，换三顶帽子和三套衣裳，又要饮酒庆贺，前后要折腾好几天！

总之，《仪礼》是专供贵族阅读的本本儿，一方面，内容并不适用于平民百姓——"礼不下庶人"嘛；另一方面，百姓也看不上这"穷讲究"，有这工夫，不如让儿子去割两筐猪草，那便是农家子弟的"士冠礼"啦！

以后《礼》书系列中又增添了《周礼》和《礼记》，合称"三礼"。

《周礼》是一本讲解政治制度的书。全书六章，分别为《天官冢（zhǒng）宰》《地官司徒》《春官宗伯》《夏官司马》《秋官司寇》及《冬官考工记》——第六章本应是《冬官司空》，可惜到汉代时原卷已散佚无存，于是汉代人找来一卷《考工记》补上。

《考工记》本来是拿来凑数的，却"歪打正着"，为后世保存了先秦制造工艺的宝贵资料。因为这书里记录了木工、金工、皮革、染色、刮磨、陶瓷等六类三十

《周礼》书影

多个工种的工艺标准，读者可以从中了解两三千年前的祖先是如何造车、炼铜、烧陶、漂丝、雕刻玉器乃至建房造屋……

其中造车一节讲得最细：分头细述车轮、车厢、车辕的制作工艺。如说到车轮，特别强调：只有车轮与地面接触面积最小时，才能滚得最快。这里已涉及几何学和物理学的知识。

那时的工匠已经懂得使用青铜制造兵器、乐器、钟鼎等，其中锡、铜的比例是不一样的。再如制造每种器物，都有检验标准，如果不合格，工匠是要受罚的。

就是这么一部"百工"工艺参考书，居然"混"进儒家经典，被当成"礼"的一部分，实在令人称奇。不过也有人指出，当时的能工巧匠地位并不低，有时甚至可以跟"诸子"平起平坐！

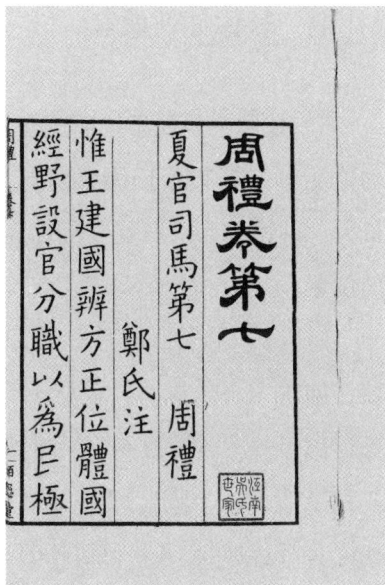

《礼记》教你如何做客

"三礼"中最受重视的还是《礼记》，那是一部儒家讨论礼制的论文集，本来属于解经之作，由于讲解通俗，对学礼的人帮助最大，因而成为"三礼"的代表，取代了《仪礼》在"五经"中的位置。

《礼记》早先据说有一百三十多篇，作者多是孔子的门生晚辈，如曾子、子思、公孙尼子等。到了汉代，有姓戴的叔侄俩，各自搞了一本"精选本"，叔叔戴德的那本就叫《大戴礼记》，侄儿戴圣的称《小戴礼记》。我们今天所说的《礼记》是指《小戴礼记》，包含四十九篇讨论礼的文章。

孝道是"礼"的核心内容之一

《礼记》的内容十分丰富，如"曲礼"篇专讲日常生活礼仪，一个人吃饭穿衣、行动坐卧、待人接物，都有严格的礼仪规定。

就说到人家去拜访吧，没进屋时，先要高声探问，好让屋里的人有所准备。进门前，若看到阶下有两双鞋子，就先听听动静：屋里有说话声，就可以进去；没有就先别进，因为不知人家是否方便，闯进去会很冒失。进门时，手把着门闩，眼睛要朝下看，最忌讳眼球骨碌碌四处乱瞧。进了门，门原来是开着的，就还让它开着；若是关着的，就也把它关上。若后面还有人要进来，就要把门虚掩着，别关严——这都是最起码的生活礼仪。

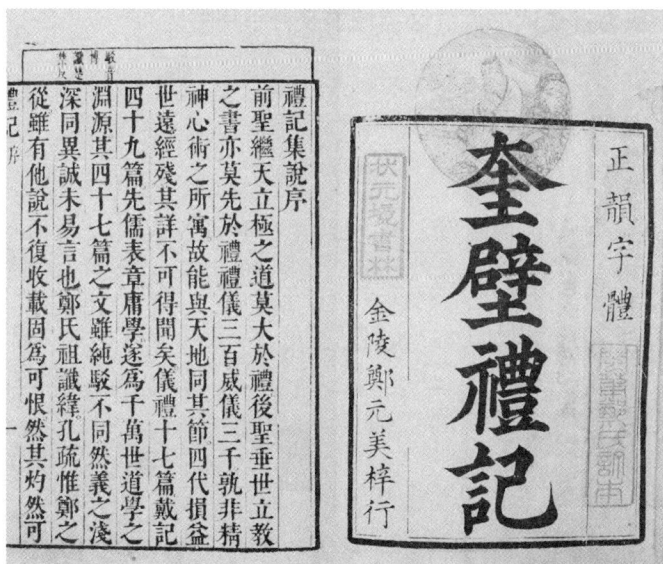

《礼记》书影，奎壁斋为明清南京著名书坊

进门后也还有注意事项，例如别踩别人脱下的鞋子，别跨越座席。自己提着裙裳的下摆，走到席尾角落处落座。——这样的客人，谁家不欢迎呢？

《礼记》中还有一篇《学记》，专门讨论有关学习的事。像"玉不琢，不成器；人不学，不知道"等语句，后来还被收入蒙学课本《三字经》里，只是为了押韵，把"不知道"改成"不知义"了。

在"礼运"篇中，孔子提出"大道之行也，天下为公"的口号，描绘了"大同"之世天下太平、夜不闭户的诱人情景，那正是几千年来无数志士仁人毕生追求的理想。

至于《礼记》中的《大学》《中庸》两篇，则被南宋大儒朱熹从《礼记》中抽出，跟《论语》《孟子》编在一起，总称"四书"，成为古代读书人的必读课本及科举用书。

《礼记》中也有故事

今天爷爷讲的这些，沛沛以前还真没听说过。他问爷爷："《礼记》中也有故事吗？"

爷爷说："怎么没有？《礼记》对丧礼十分重视，有一篇《檀弓》，便引述了许多关于死亡与丧礼的小故事。其中的'苛政猛于虎'，人们最熟悉。

"有一回，孔子跟学生路经泰山脚下，见有个妇女在一座坟边哭得很凄惨。孔子让学生子路上前打听，妇人说：从前我公公被老虎咬死了，不久我丈夫也被老虎咬死，如今我儿子也死于虎口！孔子问：为什么不搬到别处去呢？妇人回答：就因为这儿没人收税啊！孔子听了大为感慨，说：弟子们记住啊，繁苛的赋税比老虎还厉害呢！（小子识之，苛政猛于虎也！）

《檀弓》中还有个故事，说有一年齐国闹饥荒，有个叫黔（qián）敖的善心

苛政猛于虎

人，在路边预备了食物救济饥民。有个汉子有气无力地走过来，黔敖左手捧着饭，右手端着汤，招呼说：喂，来吃吧！〔嗟（jiē），来食！〕那人抬眼看看说：我只因不接受这种傲慢的赏赐，才饿到这步田地！黔敖自知理亏，跟在后面道歉，可那人始终不肯吃，最终饿死在路旁。"

沛沛说："这个故事我听过，叫'嗟来之食'。"

爷爷说："没错。人们听了这个故事，往往钦佩这个宁可饿死也不肯放弃尊严的汉子，不过听听曾子怎么评价，他说：'微与？其嗟也可去，其谢也可食。'——这个不大对吧？别人吆喝着让你吃，你可以走开；别人道歉，你就可以吃了。想想，曾子的说法还是有道理的。"

第 3 天

《诗经》：
《诗》三百，思无邪

从"杭哟谣"到"候人歌"

《尚书》《周易》和'三礼'都不算纯粹的文学作品，"爷爷在藤椅上坐下，开始了今天的话题，"'五经'中真正的文学作品，还得数《诗》，也就是《诗经》，那可是华夏最早的诗歌总集。——有个现象挺有意思：世界各民族的文学花园里，最先'冒头'的几乎全是诗歌。

"诗歌又是怎么产生的呢？有人说，是从劳动中产生的。举个例子吧，有一群原始先民一同扛大木头，为了协调动作，众人口中喊着号子：'杭哟，嗨哟！杭哟，嗨哟！……'这不就是最原始的歌谣吗？它有声音，有节奏，还有一定的情感，好像这么一喊，肩头也感到轻松似的。只是这歌谣还没有具体的内容。

"到后来，歌谣又有了新发展。传说大禹治水时，忙得整年不回家。他的未婚妻派使女到南山去等他。等久了，心里烦起来，唱道：'候人兮猗（yī）——'意思是：等人啊，等得太久啦！——你瞧，'候人'是内容，'兮猗'表示感叹，虽只一句，却已经有了那么一点儿文学的味儿。拿这首'候人歌'跟那首'杭哟谣'相比，明显进了一步。

另有一首古老的诗歌，是吟咏狩猎活动的：

> 断竹，续竹；飞土，逐肉。

"这是说：砍下一截竹子，拿一根弦（譬如一束马尾或一根藤子）连接竹子的两端，制成一张弓；再用这张弓弹（tán）射泥丸，用来追杀野兔、野鸡（'逐肉'）。

"全诗只有八个字，却把先民制造工具打猎的活动写得明明白白，甚至还带着点儿骄傲的口气呢。重要的是，这段文字不但节奏鲜明，'竹''土''肉'还是同韵字（也就是韵母相同或相近的字）——押韵可是诗歌的重要特征呢。

"每句只有两个字的诗，可称'二言体'。咱们今天要讲的《诗经》，里面收的诗已经进入'四言体'的时代。"

《诗》分"风""雅""颂"

《诗经》中收录了西周初年到春秋中叶的三百零五首诗歌，因此又有个别名，叫"《诗》三百"——"三百"显然是取其整数。

古人有"《诗经》六义"之说。哪六义呢？是风、雅、颂，赋、比、兴。其实"六义"说的是两码事儿："风、雅、颂"指的是文体分类，《诗经》即照此分为三部分；而"赋、比、兴"讲的是表现手法。

早期的诗无一例外是要配乐歌唱的。有人说，"风""雅""颂"的称呼跟音乐有关。"风"就是土风、土乐，民谣小调。虽说土里土气，却是真正的民间之声。

传说每逢春天，朝廷便雇用没儿没女的孤寡老人，敲着木梆子（"木铎"）到民间搜集民歌民谣，此类活动就叫"采风"。回来后，由掌管音乐的官儿重新配上曲，让乐工排练，唱给天子听。这样一来，天子不出门，就能了解百姓的喜怒哀乐啦。

在《诗经》中，"风"的数量最多，有一百六十篇。学者认为，这一部分无论思想还是文学，都最有价值。

至于"雅"，是指周王朝京畿（京城周围）的音乐。"雅"有"正"的意思，即所谓"京腔京韵"，有别于乡曲土风。

"雅"又分"大雅""小雅"，总共一百零五篇，多半在诸侯朝会或贵族宴饮时演唱。雅诗的作者多半是贵族，不过小雅中也掺有一些民歌民谣。

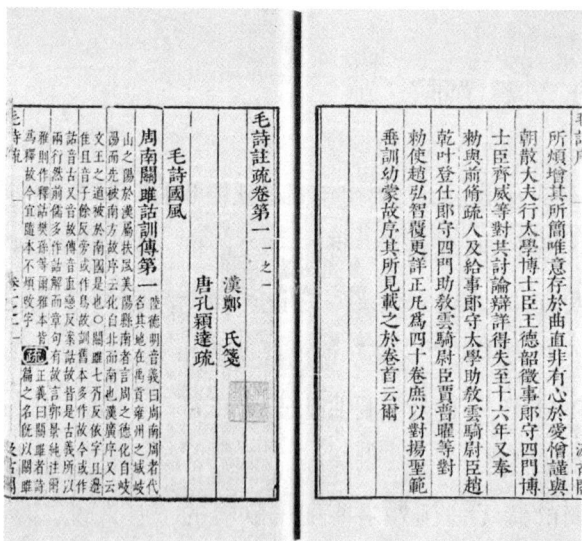

《毛诗注疏》书影

"颂"是舞曲。天子在宗庙中举行祭祀大典，一面表演舞蹈，一面有乐队奏乐演唱，那气氛一定是庄严隆重的。"颂"又分为"周颂""鲁颂""商颂"，共四十篇。

手法"赋""比""兴"

"赋""比""兴"是诗的表现手法。"赋"即平铺直叙，把事情叙述清楚，不拐弯抹角，也不夸张粉饰。

"比"则是打比方，就说《硕人》这一首，描写美人庄姜，一连用了五六个比喻，说她"手如柔荑，肤如凝脂，领如蝤蛴（qiúqí），齿如瓠（hù）犀……"。即是说，美女的手指像茅草嫩芽，又细又长；皮肤像凝结的脂油，洁白滑腻；脖颈白腻修长如同天牛的幼虫；牙齿粒粒整齐像是瓠瓜籽……这些比喻，既形象又新鲜，带着民间的泥土气！

至于"兴"，是先借别的事物做个由头，再引到要吟咏的事物上来。下面讲《关雎》时，可以注意一下。

人们还常把"比""兴"放到一块儿来说。"比兴"的手法增强了诗的表现力，使诗歌形象更加鲜明生动，因而成了中国诗歌的传统表现手法。

除了赋、比、兴，《诗经》还有不少值得一谈的艺术手法，例如章句的重叠，也叫"复沓"。看看这首《芣苢（fúyǐ）》：

采采芣苢，薄言采之。
采采芣苢，薄言有之。

《诗经名物图解》中的芣苢

采采芣苢，薄言掇（duō）之。

采采芣苢，薄言将（luō）之。

采采芣苢，薄言袺（jié）之。

采采芣苢，薄言襭（xié）之。

芣苢是一种野菜，俗名"车前草"，绿色的叶片紧贴着地面，车辖辘轧都不怕。茎叶可以入药，穷人拿它当菜吃。诗中写妇女们在田野里一边采车前草，一边唱着劳动小调：采呀采呀，快快采呀，采呀采呀，归自己呀……气氛是那么欢快。

全诗重叠六次，每次只换一个表示采摘动作的字眼儿，却并不让人感到单调，反而很能表达劳动时那种愉悦心情。

《诗经》的作品诗行整齐，虽说以四言为主，却也夹杂着三言、五言、六言、七言的诗句。以后五言体、七言体相继兴起，四言体渐渐退出诗坛，只在后世的四字成语中，保留着四言体的痕迹。

"国风"里面多情歌

就来看看"风"吧。"风"又叫"国风"或"十五国风"，因为这些诗是从十五个王国或地区中收集来的。按地域又分为《周南》《召（Shào）南》《邶（Bèi）风》《鄘（Yōng）风》《卫风》《王风》《郑风》《齐风》《魏风》《唐风》《秦风》《陈风》《桧（Kuài）风》《曹风》和《豳（Bīn）风》。

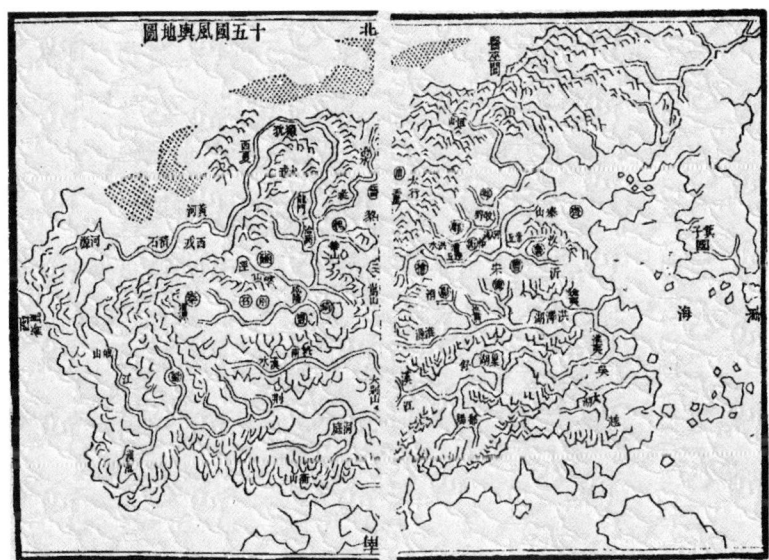

"国风"分布图

"国风"中的诗，不少是爱情题材的。本来嘛，"男大当婚，女大当嫁"，男女相爱是天底下最自然的人伦关系。——有这么一首情歌，几乎人人熟悉：

　　关关雎鸠，在河之洲。

　　窈窕淑女，君子好逑。

　　…………

这首诗叫《关雎》，是《国风·周南》的第一篇，也是《诗经》的第一篇。全诗共五章，这是头一章。你瞧，"雎鸠"是水鸟，"关关"是它的叫声。它在河当中的小洲咕咕叫个不停。而一位文静美丽的姑娘就在这时出现在画面里；小伙儿（君子）一见，就认定她是自己心中的那一个……

这里使用的便是"兴"的手法：讲"君子"喜欢"淑女"，却从河中的水鸟讲起，描绘出和谐优美的环境。在这样的环境里，人和感情都显得那么美好。假如诗人一上来就唱"窈窕淑女，君子好逑"，不仅显得突兀，也失去了诗的韵味。

后面几章写小伙子惦念着姑娘，夜晚在床上辗转难眠。他幻想弹着琴向姑娘求爱，最后还鸣钟击鼓跟姑娘拜堂成亲。诗写得又抒情又热烈，不但文字优美，大概曲调也很悦耳。孔子就曾赞美：当《关雎》演奏到尾章时，满耳的音乐声，真是好听极了！

古代学者认为《关雎》等篇意在颂扬"后妃之德"

《国风·卫风》中有一首《木瓜》，也是情歌。共三章：

> 投我以木瓜，报之以琼琚。
> 匪报也，永以为好也！
> 投我以木桃，报之以琼瑶。
> 匪报也，永以为好也！
> 投我以木李，报之以琼玖。
> 匪报也，永以为好也！

唱歌的是个小伙儿，有位姑娘喜欢他，随手摘了果子送给他。他心领神会，用随身的玉佩回赠姑娘。姑娘送他的木瓜啊木桃啊木李啊都是很普通的果子，可小伙儿回赠的琼琚、琼瑶、琼玖却很珍贵——他当然不是在"摆阔"啦，玉石是坚贞的象征，这显示着小伙儿对爱情的珍重呢！

婚恋诗中的喜与悲

为了追求爱情，女孩子情感炽烈，跟男孩子相比毫不逊色。《郑风·子衿》便是以姑娘的口吻写出的：

> 青青子衿，悠悠我心。纵我不往，子宁不嗣音？
> 青青子佩，悠悠我思。纵我不往，子宁不来？
> 挑兮达兮，在城阙兮。一日不见，如三月兮！

诗中前两章唱道：青青的是你的衣衿（佩带），悠长的是我的思念；纵然我不去找你，难道你就此再无音信？至第三章，姑娘约小伙儿在城楼见面，那里大概是他们以前幽会的老地方吧。姑娘感叹说："一日不见，如三月兮！"人没到，心却早已飞去了。

类似诗句还出现在《王风·采葛》中：

> 彼采葛兮，一日不见，如三月兮！
> 彼采萧兮，一日不见，如三秋兮！
> 彼采艾兮！一日不见，如三岁兮！

这里的葛啊萧啊艾啊，都是植物。姑娘、小伙儿分头出去采摘，隔山隔水，听得见声儿，见不到影儿；但感情却迅速升温，很快从"一日不见，如三月兮"升级到"如三秋（三季）兮""如三岁兮"——姑娘听到这歌声，能不动心吗？

"国风"中描绘爱情美好的诗歌还有不少，像《郑风》中的《萚（tuò）兮》《狡童》《褰（qiān）裳》《风雨》，等等。当然，也有表现对礼教的反抗及对负心人责备的，像《卫风》的《氓》、《邶风》的《谷风》、《鄘风》的《柏舟》之类。

《氓》是一首长诗，全诗六章六十行，记录了一个弃妇的不幸遭遇，从两人相识写起：

> 氓之蚩蚩，抱布贸丝。
> 匪来贸丝，来即我谋。

"氓"指男方，犹如说"那家伙"，这么称呼，显然有点儿不客气。"布"是指钱币。女子唱道：这家伙当年笑眯眯地揣着钱来买丝——哪儿是买丝啊，是来求我嫁给他。以下女子讲述两人的恋爱经过，自己如何痴心相许，对方如何托媒问卜，几经周折，"氓"赶着车来拉走嫁妆，两人做了夫妻。

不承想几年下来，女子真是后悔死了！自从进了门，她一人担起全部家务，每天起早贪黑，忙里忙外，好不容易这个家有了起色，可男子却变了心，对她横施暴虐，再没有从前的笑模样！

女子思前想后，下了决心，说：从前曾发誓跟你一起变老，若真是那样，才真让我烦怨呢！淇水再宽也有岸，沼泽再广也有沿儿——若是跟你过一辈子，那可真是苦海无边啦！人忘了本，还有什么可说的呢？"亦已焉哉"——咱俩完啦，从此一刀两断！

听听，这是两千多年前一个女子的抱怨。你还能从絮絮叨叨的话语里，感受到女子的哀伤与痛苦、坚强与自尊。——《诗经》里最动人的诗篇，往往发自小人物的肺腑。只要人性不改变，再过一万年，读起来依旧新鲜！

孔子对《诗》评价很高，说："《诗》三百，一言以蔽（概括）之，口：思无邪！"（《论语·为政》）即是说，《诗经》中全是真情流露的好诗，没一点儿邪的歪的！

《伐檀》《硕鼠》，劳者悲吟

"国风"中还有不少诗歌，记录了三千年前底层百姓的悲惨生活和牢骚不满。——那时候，各诸侯国相互攻伐、横征暴敛。

身处底层的农奴、工匠终年劳苦，生活却没有指望，于是就通过诗歌倾吐他们的不平！

《魏风》里有一首《伐檀》这么唱道：

坎坎伐檀兮，置之河之干兮，河水清且涟猗。
不稼不穑，胡取禾三百廛兮？
不狩不猎，胡瞻尔庭有县貆兮？
彼君子兮，不素餐兮！

…………

这是造车工匠唱的歌，他们叮叮咚咚地砍伐檀木，运到河边打造车子。对着波光粼粼的河水，他们诉说不平：你瞧瞧老爷的家，他们一不种田、二不打猎，却成百捆地往家里搬麦子，院里还挂着各种野味——得啦，人家是君子，可是不白吃饭啊！

这支歌一共三章，以下两章也都大同小异，而每章结尾都要重复这么一句话："彼君子兮，不素餐（食、飧）兮！"——听得出来，歌唱者说的是反话，他们这是向不合理的分配制度提抗议呢！

《魏风》中还有一首《硕鼠》，指责的意味更激烈：

硕鼠硕鼠，无食我黍。
三岁贯女，莫我肯顾。
逝将去女，适彼乐土。
乐土乐土，爰得我所。

…………

画家笔下的硕鼠（齐白石绘）

"硕鼠"就是大田鼠，它们专在田里打洞，把庄稼籽粒搬到洞里储藏。诗中唱道：大田鼠啊大田鼠，你不要再偷吃我的庄稼吧！我养活你这么多年，你却一点儿不肯体贴我。今天我发誓要离开你，去找一处世间乐土。乐土啊乐土，我就要有我的新家园啦……这诗表面上是在咒骂贪婪害人的大田鼠，可是怎么听怎么像是在抱怨剥削农奴的领主！

跟前一首相仿，这首《硕鼠》也是三章，采用复沓的手法，反反复复、一唱三叹的，很适合表达无尽无休的怨恨情绪。

描写农奴生活最全面的，是《豳风》中的《七月》。全诗共八章，很详尽地诉说了农奴一年四季的辛苦劳作，有点儿像后来的"四季调"。

农奴们耕种、养蚕、纺麻、织布、打猎、酿酒、修理房屋、凿冰上窖……长年累月不得休息，到头来却是"为他人作嫁衣裳"，住在破烂的茅草屋里，吃的是葫芦苦菜，家里的女孩子还

《豳风·七月》诗意图

得时刻提防主人的欺侮。——类似这样描写百姓农奴生活的长诗，在古代诗坛上真称得上绝无仅有、独一无二。

杨柳依依，士兵还乡

《小雅》中有一些描写士兵生活的诗歌，十分醒目。如《采薇》《出车》《六月》等。

就拿《采薇》来说吧，诗人模拟一个还乡士兵的口吻，一路走一路唱。他还没忘记出征的生活，那生活既艰苦，又让他骄傲。士兵懂得，不赶走侵略者，老百姓就没法子过太平日子。可是越走，他的情绪就越低落——离家快一年了，亲人们还不知怎么样呢！他唱道：

> 昔我往矣，杨柳依依。
>
> 今我来思，雨雪霏霏。

行道迟迟，载渴载饥。

我心伤悲，莫知我哀！

士兵离开时是柳枝飘拂的春日，归来时已是大雪纷飞的严冬。一路走来，他又饥又渴，心中的哀伤，又有谁知？——诗中那哀婉、忧伤的情调，让人体会出可以称作"诗"的味道！

表现服役生活的诗歌，并不总是"叹苦经"，听听这首《无衣》：

岂曰无衣？与子同袍。王于兴师，修我戈矛。与子同仇！

岂曰无衣？与子同泽。王于兴师，修我矛戟。与子偕作！

岂曰无衣？与子同裳。王于兴师，修我甲兵。与子偕行！

这话讲得多带劲儿！谁说没有军装？我的战袍就是你的战袍（下文的"泽"和"裳"也都是衣袍的意思）！咱们奉王命出征，先来整好戈矛。你我的仇敌是同一个，盯上就跑不了！——后两章的末句同样令人振奋：让我们一同跃起，永远不分离！

这诗出于《秦风》，读着它，不由得让人联想到秦始皇陵那庞大的兵马俑军阵！——秦人尚武，他们的战歌里没有忧伤，没有抱怨，有的只是相互的激励、慷慨的誓言！

"雅""颂"里的祖先神话

《雅》诗里还有几首史诗。如《大雅》中的《生民》，讲述了周民族始祖后稷的传奇故事。

后稷的亲娘叫姜嫄（yuán），有一回到田野里去玩，忽见地上有个巨大的脚印。姜嫄好奇，便用自己的小脚丫去比那个大脚印。不料这样一来竟有了身孕，十月怀胎，生下个男孩儿来！

私生的孩儿不能养，姜嫄把他远远扔掉：

> 诞置之隘巷，牛羊腓（féi）字之。
> 诞置之平林，会伐平林。
> 诞置之寒冰，鸟覆翼之。
> ……………

可是发生了怪事：把孩子扔到窄巷子里，过路的牛羊不但不踩他，还用奶汁喂他。把他扔到树林里吧，正赶上有人伐木，仍旧将他救起。又把他扔到结冰的河面上，飞来一只大鸟，用翅膀暖着他。大鸟飞走了，孩子开始啼哭，声音嘹亮悠长，老远就能听见！——因为三番两次被抛弃，于是取名"弃"。

以后孩子长大了，专爱摆弄个瓜啊豆啊的，无师自通地学会了种庄稼。经他培植的庄稼，苗齐秆壮、颗粒饱满。弃用收获的五谷祭祀上帝，上帝便赐福保佑整个周族。——这首诗虽然涂着神异的色彩，却反映了周族始祖对农业的重视。

《大雅》中还有一篇周族史诗《绵》，讲述周人领袖"古公亶（dǎn）父"为了躲避游牧民族的侵袭，率领族人从豳地迁徙到周原（今陕西宝鸡扶风、岐山一带），周族也因地得名。

《绵》中有"来朝走马，率西水浒"（第二天早上骑马沿着水岸奔驰）两句，学者说，后世小说《水浒传》的命名，便源自这两句诗。——类似的史诗，《大雅》中还有一些，如《公刘》《皇矣》《大明》等。

《颂》诗多是歌颂祖先功德、祈求上天降福等内容。其中也有史诗神话，像《商颂》中的《玄鸟》，开篇唱道："天命玄鸟，降而生商。……"这里面隐含着商族兴起的神话呢——有娀（sōng）氏的姑娘简狄因吞吃玄鸟蛋而怀孕，生下商族始祖契（Xiè）。

《商颂》是宋国的宫廷乐歌。商与宋有啥关系？原来宋君是殷商王族的后裔。

不学《诗》，口难张

沛沛问爷爷："我常听人说'子曰诗云'，这个'诗'，是不是指《诗经》？"

"对呀！"爷爷回答，"'子曰'就是'孔子说'，'诗云'就是《诗经》说'。后人写文章，常要引用儒家经典中的话，'子曰诗云'也便成为'文章'的代名词了。

"有个孔子删《诗》的传说，说在孔子之前，保留的诗歌本来有三千首，经孔子一删，只剩了三百首。——这话恐怕并不可靠。孔子最重视古代文献，怎么舍得大砍大删呢？而且据专家考证，孔夫子刚出生时，《诗》已经是现在这个样子了。

"孔子鼓励儿子及学生学《诗》，说：'不学《诗》，无以言。'就是说，不学《诗》，连话都说不好。又说：小子们，为什么没人学《诗》啊？学《诗》可以训练联想，学习观察，培养合群观念，学习讽刺手法。往近处说呢，可以奉父母；往远处说，可以事君王。至少还能多认识些鸟兽草木的名字哩！（子曰：'小子何莫学夫《诗》？《诗》，可以兴，可以观，可以群，可以怨。迩之事父，远之事君；多识于鸟兽草木之名。'出《论语·阳货》）

"别小看《诗经》，它在历史上很辉煌过一阵子呐。春秋时，各国的卿大夫们都要熟记《诗经》的诗篇，能达到脱口而出的地步。他们常常引用诗句相互赞美、讽刺或规劝。外交官办交涉，也常拿诗代替外交辞令。

"当然，诗都是现成的，用不着外交官张口。他只消在宴席上点一首诗，叫乐工们演唱，他要表达的意见就在那诗里包含着呢。——这叫'赋诗言志'，也叫'断章取义'，因为所唱诗中往往只有一句代表他要表达的意思。"

沛沛问："秦始皇焚书，《诗经》是不是也跟着遭了殃？"

爷爷说："可不是！《诗经》当然没能躲过这

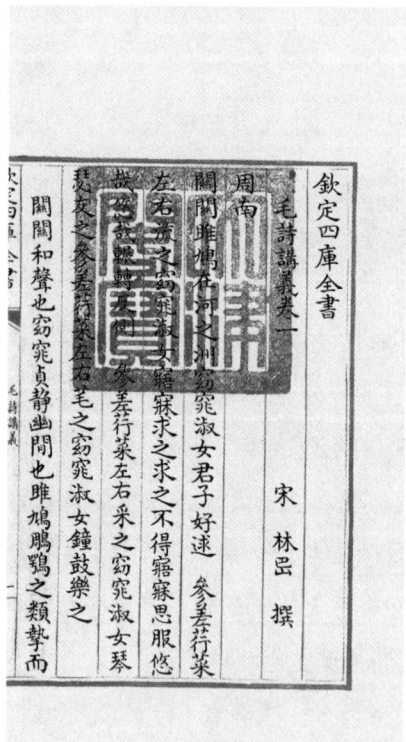

宋人的解经之作《毛诗讲义》书影

一劫。多亏学者们口头传诵，才使这部宝贵的文献保存下来。到了汉初，专门研究《诗经》的有四家：齐、鲁、韩、毛。可惜只有《毛诗》得以流传。

"讲授《毛诗》的是西汉的毛亨、毛苌（cháng）师徒俩。只是他俩对《诗经》的讲解有不少牵强附会的地方。就说那首《关雎》吧，分明是一首民间情歌，可《毛诗》偏说主旨是称颂'后妃之德'，甚至说诗中的'淑女'就是周文王的妻子太姒；这是拿王者的夫妻关系给天下的家庭做榜样呢——这纯属歪讲！

"宋代时，已有学者对《毛诗》的解释提出异议。王安石、欧阳修、苏辙、朱熹等人，都曾提出新见解。清代学者们注重考据和训诂，在《诗经》研究上取得了不少成绩。可真正用科学态度、正确方法研究《诗经》，还是在'五四'以后。

"有人说，《诗经》是中国诗歌不可动摇的基础，这话并不夸张。中国历代诗人，没有不受《诗经》熏陶的。《诗经》的影响早已跨越了国界，成为世界公认的人类文化瑰宝啦！"

第 4 天

编年史的楷模

《左传》

附《国语》《国策》

《春秋》是孔子作的吗

爷爷在藤椅中坐定，开口道："中国古代的史书分两类，一类'记言'，一类'记事'。'记言'体史书以记录历史人物言论为主，《尚书》就属于这一类。'记事'体则以记述历史事件为主，今天咱们要讲的《春秋》就是。——《春秋》也是'五经'之一。"

沛沛问："史书为什么叫'春秋'呢？"

爷爷说："问得好。一年里头，春秋两季是最好的季节，古代的朝廷大事，祭祀啊，开战啊，多在这两季举行，'春秋'也便成为史书的代称。当然也有不同的叫法，如晋史称《乘》，楚史称《梼杌（táowù）》。又由于各国史书大多失传，只有鲁国的史书还在，于是'春秋'便成了鲁史的专名。

"相传《春秋》的作者是孔子，这里还有个故事呢。说是鲁哀公十四年（前481），鲁国有个猎户打着一只独角怪兽，谁也不认识，扔到了荒野里。孔子听到消息，跑去一看，说：这不是麟吗？它是为谁而来呢？又是干什么来了？唉，看来我的主张不行喽！说着就淌下泪来。

"原来孔子见多识广，认得麟是一种仁兽，天下太平的时候才会出现。如今它被打死了，难道还会有啥好事儿吗？这会儿孔子已经老了，他为自己的主张奔走了一生，可是没有哪个国君愿意重用他。眼看着光阴无情，生命有限，孔子万分感慨，于是下决心写一部历史，要让人们从历史的实在例子里得出善恶的教训，也就等于宣传了自己的学说。

"据说孔子只用了九个月，就把这部书写成，取名《春秋》。书从鲁隐公写起，一直写到鲁哀公'获麟'为止（前722—前481或前479）——以后人们便把东周前期（前770—前476）称作'春秋'时期。

"然而跟孔子作《易传》、删《诗经》的传说一样，孔子作《春秋》的说法同样不可靠。事实上，作《春秋》的很可能是鲁国的史官，孔子并不曾插手。

"《春秋》以鲁国的十二位国君为次序，共记录了二百四十二年的历史。它按年月的先后顺序来记载各国大事，这种写史方法叫作'编年'。——在我国现存的史书里，《春秋》算得上最早的编年史了。"

沛沛忽然想起什么，问爷爷："我听说有个'《春秋》三传'的说法，又是怎么一回事？"

《春秋公羊传》书影

爷爷回答："是这样，《春秋》的语言非常精练，譬如有一回宋国天空上掉下五块陨（yǔn）石，《春秋》记述道：'陨石于宋五。'只用五个字，就把这一天文现象交代得一清二楚。

"但有一利必有一弊，语言过于简略，又成了《春秋》的一大缺点。一部《春秋》记录了二百多年的历史，全篇却只有一万六七千字，平均每年只有六七十个字，很多重要的史实都遗漏了。有些话甚至让人猜不透说什么。于是解经之作'传（zhuàn）'，也便应运而生——'《春秋》三传'就是三部解释《春秋》的史书著作。"

《春秋》有三传，《左传》最精彩

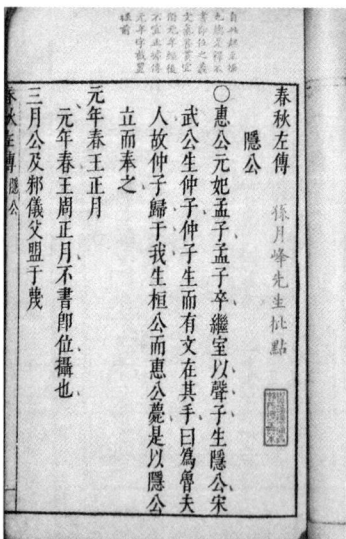

《春秋左传》书影

"《春秋》三传"分别是《春秋左氏传》《春秋公羊传》和《春秋穀（Gǔ）梁传》，都是以作者的姓氏命名的。

公羊和穀梁都是复姓，前者叫公羊高（战国时人，生卒年不详），后者叫穀梁赤（也有说名淑或俶的，战国时人，生卒年不详）。《左传》的作者叫左丘明（约前556—约前451），有人说他是鲁国的史官，孔子的朋友。还有人说他写《左传》过于勤苦，竟致双目失明。他却不甘心沉沦，又撰写了《国语》，也是史书。——不过据考证，《左传》是由好几代史官陆续写成的，成书于公元前403年以后，作者应另有其人。

三传的写作风格并不一致。《公羊传》和《穀梁传》特别注重对《春秋》词句的解释，一个字一个字地抠字眼儿，自问自答，如同老塾师讲经。经他们这么一解说，仿佛《春秋》的每个字都含着什么"微言大义"似的。

《左传》则不然，它的解经方法是叙事，也就是把《春秋》中讲得简略模糊的地方，用详细的事实补充出来。因而撇开《春秋》，把《左传》看作一部独立的史书，也未尝不可。

《左传》全书十八万字，篇幅是《春秋》的十倍。记载了春秋时期二百六十八年间的重要史实。那时周室衰颓，权威尽失，诸侯国之间你攻我伐，没一天消停。要想把各国间错综复杂的政治、军事、外交斗争记述得繁简得当，可不是件容易事。

然而到了左丘明笔下，这一切都记述得有条不紊、生动翔实。一段段精彩纷呈，有的比小说还好看。

郑伯跟弟弟斗心眼儿

就说说郑庄公跟弟弟共叔段的一番明争暗斗吧。这段史实在《春秋》中只用六个字来叙述："郑伯克段于鄢（Yān）。"郑伯即郑庄公，这句的意思是：郑庄公在鄢那地方打败了共叔段。到了《左传》里，这段史实变得丰满了许多。

郑庄公跟段是一奶同胞的亲兄弟，可是母亲姜氏却偏心眼儿，只疼爱小儿子共叔段，处处为段谋利益，争地盘，后来索性跟段串通一气，里应外合，准备搞掉庄公。

庄公可不是等闲之辈。他表面上满不在乎，一忍再忍，其实是放纵共叔段，让他自己走上绝路。一旦得到段造反的确实消息，庄公便抢先动起手来，在鄢那地方打垮了段的叛军。

对拿着钥匙准备开城迎敌的姜氏，又怎么处置呢？庄公恶狠狠地发誓说：不到黄泉，再也不见她的面！——黄泉就是阴间，这话等于跟姜氏断绝了母子关系。庄公这样对待亲娘，心地是够狠的！

有个小官儿叫颍考叔的，想劝庄公回心转意。他借口送贡品，得到跟庄公同席吃饭的机会。他故意把碗里的肉留在一旁，庄公问他缘故，他回答：小人的老娘吃腻了家常便饭，却没尝过国君的好饭菜。您若允许，我就把这些肉带回家，孝敬我老娘。——庄公听了，触动了心事，叹口气说：唉，你倒有老娘好孝敬，我却没有！颍考叔假装糊涂，问庄公怎么回事。庄公就把发誓的事一五一十讲给颍考叔听。

颍考叔说：这还不好

河南鄢陵乾明寺塔。鄢陵即鄢，郑伯在此打败共叔段

办吗？只需挖一条地道，一直挖出泉水来，您跟老母亲在地道里见面，又有谁能说您说话不算数呢？庄公接受颖考叔的建议，终于跟姜氏恢复了母子关系。

你看，《左传》不但注重叙述史实，还挺善于刻画人物呢。像这位郑庄公，为了国君的位子，不惜把亲兄弟置于死地，连母子的情分都不顾了，真有点儿"无毒不丈夫"的味道。但最终把亲娘接回来，还算是知错能改。至于那偏心护短的妈妈和骄横放肆的弟弟，虽然都没有正面出场，读者依然能从文章中感受到他们的性情和心态。

《左传》对统治者的罪恶并不隐瞒。比如有这样一段记录：

> （鲁闵公二年）冬十二月，狄人伐卫。卫懿（yì）公好鹤，鹤有乘轩者。将战，国人受甲者皆曰："使鹤，鹤实有禄位，余焉能战！"……卫师败绩，遂灭卫。

这位卫懿公实在昏庸得可以！他平日不爱护老百姓，却养着一群鹤，还让鹤坐在高敞的车子里，老百姓当然有气啦。所以当敌人打来时，他们理直气壮地说：派鹤去迎战吧，鹤吃香的喝辣的，我们又怎么能打仗呢！

还有一位晋灵公更荒唐。他大量搜刮民财，用来挥霍浪费。他的宫城连墙壁都画着花纹。他还喜欢从高台上用弹弓射人，看见人们慌张逃避的样子，觉得十分有趣儿。厨师炖熊掌没炖烂，他便下令把厨师杀掉，尸首装进筐子扔出宫外。大臣劝他，他不以为然。劝急了，他就派刺客去刺杀大臣，还在宫殿上放狗咬人。最终，这个无道昏君被臣下杀掉了。——《左传》写历史带着鲜明的爱憎，这给后世的历史著作树立了榜样。

史书叙战争，《左传》最拿手

《左传》还特别擅长描绘战争。全书前后共写了上百次军事行动，光是大的战役就有五回。如晋楚城濮之战、秦晋崤（Xiáo）之战、晋楚邲（Bì）之战、齐晋鞌（Ān）之战以及晋楚鄢陵之战，都写得条理分明，繁简得当。

《左传》写战争有个特点：对于战争的起因、战前的准备、战后的总结及影响，都交代得很详尽；至于战争的厮杀场面，却往往一笔带过。

就来看鲁庄公十年的齐鲁长勺之战吧。

齐国大兵压境，鲁国上下一片惊慌。有个平头百姓叫曹刿（guì）的，求见鲁庄公。同乡都劝他说：有那些顿顿吃肉的大官儿们操心这些事呢，你何必去插一杠子！曹刿回答：那些吃肉的家伙是些无能之辈，目光短浅，哪里靠得住！

曹刿见到庄公，先问："您凭借什么打仗呢？"庄公回答说，自己能优待臣子，敬重鬼神。曹刿对这两个答案都不满意。直到庄公说，自己曾尽心尽力为百姓做了点儿事，曹刿这才点头称是。

曹刿跟鲁庄公同车上了战场。庄公下令击鼓进军，却被曹刿拦住。直等到齐军击鼓冲锋三次，曹刿才下令反击。等齐军败走时，曹刿又反复观察瞭望，这才让鲁军追击——在曹刿的指挥下，鲁军大获全胜。

战后，曹刿解释说：打仗全凭一股气。头回擂鼓时，齐军士气正旺；二回就衰落不少；等到第三回，齐军已经懈了气——他们懈了气，咱们士气正旺，所以打了胜仗。

那么齐军败走时，为啥不马上追击呢？曹刿说：齐国是大国，虽然一时败退，恐怕还有埋伏。我远观近察，见他们的车轮印儿混乱，战旗也东倒西歪的，知道是真败了，这才下令追击。

这段记述还不到三百字，被许多文章选本选作范文，取名"曹刿论战"。一个"论"字用得好，道出文章的重点；至于对战争过程的记述，只用了五十个字！——这也是《左传》写战争的一贯手法。而"一鼓作气"这个成语，也是由此而来的呢。

再来看一场世纪大战——秦晋崤之战。崤即崤山，在今河南三门峡市境内，是古代军事要地。鲁僖公三十二年冬，秦穆公派孟明视、西乞术、白乙丙三员秦将率军远征郑国。老臣蹇（jiǎn）叔表示反对，说：兴师动众去偷袭远方的国家，这样的蠢事从没听说过。劳而无功，必定会失败的！秦穆公哪里肯听？

秦师将出发时，蹇叔拉着统帅孟明视的手哭着说：孟先生啊，我今天看着你出征，就再也见不到你回来啦！穆公嫌他"乌鸦嘴"，骂道：你这老家伙懂得啥？你若死得早，坟头小树都有两把粗了！（"尔何知？中寿，尔墓之木拱矣！"）

秦军走到半路，遇上郑国商人弦高。弦高一面献出牛群犒劳秦军，一面派人回国告急。郑君得着信儿，马上做出安排，赶走了驻扎在郑国的秦国驻军。——此前，秦国大夫杞子带着一支军队驻扎在郑国境内，正准备为入侵的秦军做内应。如今郑君先下手为强，赶走杞子。孟明视失去内应，只好中途折返，结果在崤山中了晋军的埋伏。——晋国这是替郑国"出头"呐！

秦军全军覆灭，孟明视等三位统帅也都被俘。只是秦、晋两国原是姻亲关系，晋文公的妻子是秦穆公的女儿，她出面为三位秦将说情，儿子晋襄公只好答应，将他们释放。三人回国后没闲着，秣马厉兵，朝夕备战，终于在三年后大败晋人，夺回两座城邑，并到崤山旧战场埋葬了三年前战死将士的尸骨。

这场大战在几千里范围内展开，前后三年，涉及四五个国家。作者眼观六路、笔写四方，不但把复杂的线索交代得一清二楚，还写活了许多人物。

至于在崤山展开的那场恶战，作者只写了这样几句话："夏四月辛巳，（晋师）败秦师于崤，获百里孟明视、西乞术、白乙丙以归。"——体现了《左传》叙写战争的独有特点。

季梁说：百姓是神的主人

夏商周三代盛行鬼神迷信，人们认为只要把最丰洁的粮食、最肥美的牲畜奉献给"皇天""上帝"，就能获得神灵护佑。不过到了春秋时期，一些贤明之士对祭祀的意义又有了新的理解。

僖公五年，晋国派使者带了玉璧、骏马送给虞公，向虞国借路（"假道"），以便攻打虢（Guó）国。虞大夫宫之奇对虞公说：虞、虢两国互为表里，虢国灭亡了，虞国也就难保了。"辅车相依，唇亡齿寒"（面颊和牙床相互依存，嘴唇没了，牙齿也便失去了呵护）。然而贪婪的虞公不肯听从，还说：我祭祀时从来都用最丰洁的祭品，老天自会保佑我。宫之奇说：鬼神只保佑有德的人，统治者不修德，百姓就不亲近你，供品再丰盛，神会享用吗？

怎奈虞公一意孤行，接受了晋国的财宝，先后两次借道给晋国。结果几年后晋灭掉了虢，又顺手把虞灭掉了。晋国君臣收回了玉璧、骏马，还调侃说：玉璧还是那块玉璧，这马可老了几岁啊！

宫之奇劝虞公时所说的"鬼神非人实亲，惟德是依"（鬼神不随便亲近人，只保佑有德之人），代表了一种开明的新观念。而抱有这种新观念的，还不止宫之奇一个呢。

根据春秋故事编绘的连环画《唇亡齿寒》

随国是个小国，有一年楚人来侵，为了引诱随国出战，楚军故意装出军容不整的样子。随国大夫少师受了骗，撺掇随侯出兵。随国大夫季梁十分冷静，站出来说：我听说，小国跟大国抗衡，有个前提条件，即"小道大淫"（小国有道，大国乱搞）。这个"道"，就是"忠于民而信于神也"（忠于百姓，取信于神灵）。国君一心为百姓着想，这便是"忠"；掌管祭祀的祝史不虚夸祭品，这就是"信"。可如今呢，老百姓啼饥号寒，君主却奢侈无度，祝史祭祀时虚报祭品、不说实话，这个样子，怎能跟大国抗衡呢？

随侯不服气，说：我祭祀所用的牲口，全都毛纯体壮，黍稷粮食也丰盛完备，这还不能取信于神灵吗？季梁回答道："夫民，神之主也！是以圣王先成民而后致力于神。"（成民：办好百姓的事。）——老百姓是神灵的主人！历史上的圣君总是先办好百姓的事，再致力于神灵祭祀。

人们素来认为百姓乃至贵族都是神的奴仆，只有对神匍匐膜拜的份儿。而今季梁说出"夫民，神之主也！"的话，把百姓抬高到神灵之上，岂非逆天？季梁这一声呼喊，惊天地泣鬼神，成为春秋历史上的最强音！

烛之武片言退秦师

《左传》虽以记事为主，但讲述朝堂论辩、外交谈判，仍有许多记言的内容。这些对话唇枪舌剑、声情并茂，展示着智者辩士的辩说才能。有时一番雄辩，竟能让入侵者理屈词穷、"打道回府"，不禁令人赞叹！

就来看看"烛之武退秦师"吧，这事发生在僖公三十年，晋、秦联合攻郑的时候。当时晋军进驻郑国的函陵，秦军进驻郑国的汜（Fán）南，郑国上下一片惊恐。有个大夫向郑伯建议：国家危在旦夕，只有派烛之武去见秦君，才能有救。

烛之武推辞说：我年轻时就不如人，如今老了，更甭提啦。郑伯道歉说：我没能早早重用您，这是我的错；不过郑国完了，对您也不利啊！烛之武只好答应下来。

到了夜间，烛之武被绳子系着吊出城外，见到秦伯说：这回秦、晋一同包围郑国，郑国必亡无疑了！如果灭掉郑国对您有利，您的部下也算没白忙活。

不过越过别的国家，拿远方的小国当成本国的飞地，您知道这有多难。所以说，灭掉郑国只能让您的邻居晋国得利。邻国势力加强，就等于您的势力削弱，这可是赔本的买卖！您还不如赦免郑国，让郑国做个东方道路上的主人（"东道主"），可以为贵国使者过境提供方便，这对您才是有利无害的。

何况当初秦国对晋君有恩，晋君许诺把焦、瑕两地割让给秦。可晋君早上回国，晚上就筑城防御，这您是记得的。晋国哪有个满足啊？灭了东边的郑国，肯定还要向西发展；向西边发展，如果不侵占秦国的土地，又占谁的去？这损害秦国而有利晋国的买卖，您就看着办吧！

秦伯听了，恍然大悟，于是跟郑人结盟，派杞子等三位大夫帮助郑国守卫，然后班师回国。——我们前面提到杞子驻扎在郑国，就是这次秦、郑交涉的结果。

这边呢，晋国将军得知秦国撤军，非常气愤，本想攻打秦军。晋侯说：算了吧，没有秦国的帮助，就没有我们的今天。得到人家帮助还要败坏人家，这是不仁；失掉了同盟国家，这是不智；以破裂代替和睦，这是不武。我们还是回去吧。于是也跟着撤军而回。

烛之武的一席话，瓦解了两个大国的军事进攻，将郑国从必亡的危局中解救出来。他的这张嘴，比展喜还要厉害几分！

子产不毁乡校

春秋时代的郑国不算大国，大概由于地理位置的关系吧，它总被卷到大国的争斗里。秦晋崤之战的起因，不也是秦军伐郑吗？

小国夹在大国中间，事事难办。可是郑子产当了郑国的执政，却搞得有声有色。有一件事，很能体现子产的见识和度量。——郑国各地建有"乡校"，那里既是学习场所，又成了城乡"俱乐部"，人们没事时到那里休闲聊天，难免对时政品头论足。当官儿的听了很不高兴，于是有人建议：干脆把乡校拆掉算了！子产却表示反对，说：人们早晚没事到乡校里放松一下，顺带谈谈执政的好坏，不是挺好吗？百姓认为好的呢，咱们就坚持做；他们讨厌的呢，咱们就改正。他们就是咱们的老师啊，为什么要拆掉乡校呢？

子产又说：我只知道努力行善可以减少怨恨，还没听说加强威压可以防止怨恨的呢。加强威压固然可以暂时封住人们的嘴巴，可就像筑堤防洪一样，一旦大浪决堤，伤人一定很多，我们想救也来不及！不如让水从小缺口流出，再加以引导，这就如同保留乡校，让我们把批评当作良药一样。

子产并没有滔滔不绝地讲大道理，只拿"防川"来打比方，把一条千古不易的真理讲论得明白透彻。——

子产

孔子听到这话说：由这件事上看，如果有人说子产不仁，我是不信的。

《左传》是中国第一部叙事详赡的完整历史著作，它不但是后世编年史的楷模，对文学的影响也不能低估。后世许多散文名家，都从《左传》中吸取过营养。

《左传》还为我们留下一大串成语，如一鼓作气、唇亡齿寒、鞭长莫及、退避三舍、铤而走险、除恶务尽、大义灭亲、吉人天相、马首是瞻、好整以暇、名列前茅、尔虞我诈、数典忘祖、外强中干、困兽犹斗、多难兴邦、上下其手、风马牛不相及……说《左传》又是一部"成语词典"，它是当之无愧的。

国别体史书《国语》《国策》

"'五经'说到这儿，就介绍完了。"爷爷喝了口茶接着说，

"不过提到史书，还应说说《国语》和《战国策》。这两部的体裁跟《左传》不同，是把史料按不同国家分别编纂起来，人们把这称为'国别体'。

"《国语》分《周语》《鲁语》《齐语》《晋语》等八个部分，记述的多半是西周末年到春秋时期上层人物的言论，跟《尚书》同类，也属于'记言体'。至于《国语》的作者，有人说也是左丘明，因而此书又有《春秋外传》《左氏外传》等名称。然而，从文学水平上看，它比《左传》逊色不少。一般认为，它是先秦史家编纂各国史料而成，并非出自一人之手。

"举一篇出自《周语》的《召公谏弭（mǐ）谤》看看。周厉王暴虐，百姓们都口出怨言。厉王便派了卫巫去监视百姓，把口出怨言者抓来杀掉，还得意扬扬地说：我能消除诽谤，看谁还敢开口！

"召公向厉王提出规劝说：堵塞河道是要造成河水溃堤泛滥的；堵塞百姓的嘴巴，比堵塞河道还要危险得多。——他讲了一大篇道理，说只有让国人自由说话，才能使国家富强。

"厉王拒不接受劝告，百姓虽然一时闭上嘴，可三年以后，厉王终于被赶下了台。召公所说的"防民之口，甚于防川"的话，成了世代相传的政治格言。——看来明白此理的，不止子产一人呢。

"《国语》中的名篇，还有《里革断罟（gǔ）》《叔向贺贫》《勾践灭吴》等，常被人提起。"

沛沛问："爷爷，您刚才说国别体史书还有一部《战国策》，又是谁作的？"

爷爷说："《战国策》的内容来自战国时各国的史料，经过西汉学者刘向的编纂，按东周、西周、秦、齐、楚、赵、魏、韩、燕、宋、卫、中山十二国的次序编为三十三篇，这才定名为《战国策》，也简称《国策》。以'策'命名，是因内容多半是纵横家的言论和事迹，这些人又称'策士'。

"纵横家是些特殊人物，他们一个个头脑活泛，伶牙俐齿，有活动能力和外交手腕，今天替这个国家做事，明天为那国君主效劳，目的当然是捞取荣华富贵啦！

"《战国策·秦策》就介绍了一位叫苏秦的纵横家，他去游说秦惠王，可接连十次上书，都得不到回应。眼看身上的皮袍子磨破了，随身携带的盘缠也花光了，只好打道回府。嫂子见他灰溜溜地回来，饭都懒得给他做；妻子在织机上织布，好像没瞧见他

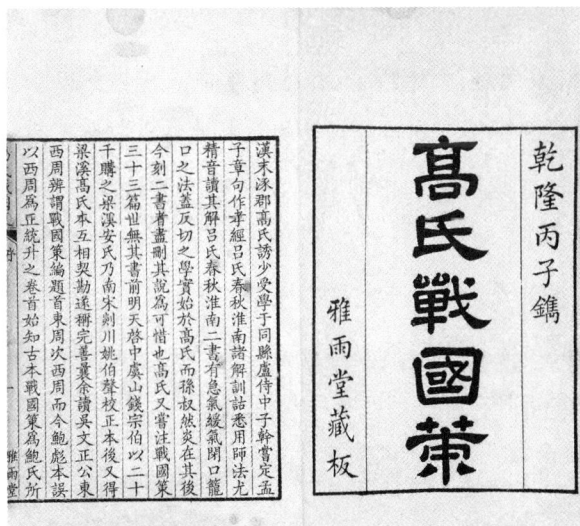

汉代学者高诱注《战国策》书影

似的；爹娘也都绷着脸不跟他讲话。

"苏秦受了刺激，发愤苦读，日夜揣摩。困得不行，就用锥子扎自己大腿，血一直流到脚跟儿。他发狠说：我就不信不能说服君主，让他们高官厚禄地礼聘我！

"后来他再度出发，提出'合纵'主张，联合诸侯抗衡秦国，最终被各国推举为'纵约长'，佩戴六国相印，好不威风！

"当他前往楚国路经家乡时，家人的态度也大变样：妻子不敢正眼儿瞅他，嫂子匍匐在地，一个劲儿磕头。苏秦明知故问：嫂子，你为什么以前那么傲慢，如今却如此恭顺？（嫂！何前倨而后恭耶？）嫂子回答：还不是因为老三你官大钱多嘛（以季子之位尊而多金）！苏秦不禁感叹说：唉，当一个人贫穷困顿时，爹娘不认他这个儿子；一旦他富贵发迹，亲戚都畏惧他。人生世上，对于权位富贵，又怎么能忽视啊！——话说得直白，却又满含辛酸！

"纵横家的游说之辞，大都雄辩夸饰，气势豪迈，富于感染力。这种风格，跟《左传》以简约取胜的特点有所不同，又各有优势。——《战国策》中的名篇，还有《邹忌讽齐王纳谏》《冯谖客孟尝君》《触龙说赵太后》《唐雎不辱使命》《鲁仲连义不帝秦》等，有的还被选入中学语文课本。

"《战国策》所记录的历史，上继春秋，下至楚汉，共二百年左右。历史上称这段时期为'战国'（前475—前221）。——对了，'战国'这个词儿，还是刘向在《战国策》的序文里发明的呢！"

第 **5** 天

儒家先师孔、孟、荀

"四书"与朱熹

"'五经'说过了，是不是该讲'四书'了？"沛沛一上来就迫不及待地发问，生怕哪些内容被漏掉似的。

爷爷笑了："好，今天就说说'四书'吧。前头说过，'四书'是指《论语》《孟子》《大学》《中庸》这四本儒家典籍。《论语》和《孟子》分别是儒家先师孔子和孟子的言行录；《大学》和《中庸》呢，则是《礼记》中的篇章，作者分别是孔门弟子曾参和孔子的孙子子思——这四本书因此又称'四子书'，简称'四书'。

"宋代的朱熹是一位儒家学者，他认为一个有抱负的人应当这样生活：先学习知识、修炼品德；自己做得正，还得把家管好；然后

朱熹

再去辅助国君、治理国家，最终达到平定天下的大目标。——这叫'修身、齐家、治国、平天下'，也正是《大学》所讲的道理。《中庸》则是说无论做什么事都得追求恰到好处，不能偏激；事情做过了头，那还不如不做！——这是孔子的一贯主张。

"朱熹还说，一个人学好这两本书，再向《论语》《孟子》中认真揣摩孔、孟两位大师的思想，他的修养也就差不多了。

"朱熹还花了大半辈子，为这四本书作注释，编成《四书章句集注》——'章句'是指逐章逐句串讲，'集注'是汇集各家的注释，当然也有朱熹自己的见解。朱熹作的注解准确明了，通俗易懂，连小孩子也能看明白。

"朱熹死后，这部《四书章句集注》算是走了红，被朝廷定为'官书'。从元代起，还被指定为科举用书——科举考试必得从'四书'中出题，举子们写文章，也得照着朱熹的注解去阐释和发挥，否则就别想考取。小孩子一上学，先要读'四书'，背朱注，背不下来还要挨手板呢！"

子曰：己所不欲，勿施于人

接下来谈谈《论语》《孟子》吧。时间有富余，再说说荀子，他同样是儒学大师。

说《论语》，不能不先谈谈孔子。孔子（前551—前479）名丘，字仲尼。"孔子"是尊称，犹如称"孔先生"；更近一步，又称他"孔夫子"。他是春秋时鲁国人。其实他的祖上本是宋国的贵族，再往前捯，又是商朝的王族，不过那是老早的事啦。

孔子三岁上死了爹，是年轻的寡母把他一手拉扯大的。孔子长大后身材高大，人们都喊他"长人"。身大力不亏，他年轻时干过许多杂活，给人看过仓库，管过牧场。他后来跟学生说："吾少也贱，故多能鄙事。"（鄙事：粗活）他还当过祭祀的司仪。凭着一股好学不倦的热情，不耻下问，学而致用，终于成了大学者。

孔子生活的时代，整个社会动荡不宁，像是一口大汤锅，咕嘟咕嘟正冒泡呢！孔子抱着拯救世道人心的信心，打起恢复周礼的旗子，四处奔走，宣扬自己的主张和学说。

孔子的学说，核心是"仁"和"恕"。"仁"就是仁爱，孔子号召大家都要有仁爱之心，别光爱自己，还要爱别人。自己不愿意受苦遭罪，也别让人家去受苦，"己所不欲，勿施于人"，这就是"恕"。

怎么能保证人与人关系和谐、社会安定呢？孔子认为大家都应遵从"礼"。——礼就是社会公认、人人遵守的一套完善的行为准则。国君有国君的礼，大臣有大臣的礼。当爹做儿、为夫为妇的，也都各有各的礼。凡是违背礼的事，大家都别干，这叫"非礼勿视，非礼勿听，非礼勿言，非礼勿动"。这么一来，天下不就太平了吗？

孔子的想法真是太天真了。在那个弱肉强食的时代，有谁会听从他这一套呢？孔子带着学生们东奔西走，周游列国，向国君们宣传自己的主张，可是没有谁肯重用他。

有一回，孔子和学生们被围困在陈国、蔡国之间，粮食都吃光了；孔子只好带着大家诵诗弹琴——八成是为了分散对肚皮的注意力吧。后来幸亏楚人发兵来救，孔子师徒才脱离险境。就这样，孔子为了自己的信念奔波辛劳了一辈子，到七十三岁那年，黯然离世。

据说孔子晚年在家乡讲学，前后有弟子三千人，优等生就有七十二位。而颜回、曾参、子贡、子路、冉有、子夏、子游、子张、公冶长等，又都是尖子里的尖子！

孔子死后，弟子们为他守孝三年，高足子贡更是守墓六载！不少弟子及鲁人尊敬他，

孔子

在他的墓周围定居，规模竟达上百家，称为"孔里"。

"三好"标准是孔子提出的吗

孔子的学说，主要体现在《论语》里，多半是跟伦理和教育有关的话题。《论语》全书二十篇，共五百一十二章。每篇有一个标题，就拿该篇开头的两三个字来代替。每章大多只是那么三言两语，多为孔子日常所讲的话，也有孔子弟子的言论。后人称这种形式为"语录体"。

举例来看，《论语》头一篇第一章是这么一段话：

子曰："学而时习之，不亦说乎？有朋自远方来，不亦乐乎？人不知而不愠，不亦君子乎？"

孔子这里说：学了，还要常常温习实践，这不是挺高兴的事吗？（"说"在这里同"悦"。）有朋友从远方来看望，不也是挺快乐的事吗？人家不了解我，我也不怨恨人家，这不也是一种君子风度吗？——这一篇的标题，便是"学而"。其他标题还有"为政""八佾（yì）""里仁""公冶长"等。

孔子自己学习很刻苦，他读《易经》时，把编竹简的皮绳都磨断了好几回（"韦编三绝"）。在教导学生时，又很有耐心。"学而不厌，诲人不倦"，便是孔子给自己画的像。

孔子在教育上的成就没人能比。有个"有教无类"的口号，便是他提出来的。那是说不论哪个阶层的人，只要"自行束脩（xiū）"——也就是主动交上一小捆儿干肉做学费，都可以读书受教育。这在今天看来很平常，可是在贵族垄断文化与教育的时代，孔子的做法实在是

《论语》书影

一次了不起的革命！

孔子教育学生要做个君子，也就是有修养的人。他不止一次强调：君子要具备"仁""智""勇"三种品德：

> 子曰："君子道者三，我无能焉：仁者不忧，知者不惑，勇者不惧。"子贡曰："夫子自道也。"（《宪问》）

孔子说：君子的高标准有三条，我一条都没做到——君子是仁者，永远乐观无忧；君子是智者，永不为世事迷惑；君子是勇者，勇往直前，无所畏惧！学生子贡说：老师真谦虚，其实这正是他老人家的自我写照啊！

这三条中，"仁"讲的是道德，"智"是指智慧、知识，"勇"则与气魄、体力有关。——我们今天要求孩子们品德好、学习好、身体好，也就是德、智、体全面发展，争当"三好学生"。原来这"三好"的标准，竟是孔夫子最早提出来的！

孔子教书重启发

孔子还总结出一套科学的教学方法，什么"学而不思则罔，思而不学则殆"（只读书不思考，就会迷惘；只空想不读书，又会迷惑而无所得。语出《论语·为政》）；什么"不愤不启，不悱（fěi）不发"〔不到学生百思不解时（"愤"），先别开导他；不到学生想说说不出时（"悱"），先别启发他。语出《论语·述而》〕；一间屋子有四个角落，老师举一个角落，学生不能顺着推知另三个，就别再一个劲儿教他了（"举一隅不以三隅反，则不复也"）……这些原则，到今天仍不失参考价值。

《论语》不是孔子亲自写的，是他的门人弟子集体编纂的。编书时，大家你想一条，我凑一句，把老师平日的零星教诲凑在一起，这才编成这本书。正因为如此，书中篇与篇、章与章之间没有多少联系，显得有些散乱。但也正是从这些日常言谈里，我们看到了一位真实的孔子，他是活生生的，态度温和、智慧超群、宽厚而又严谨，跟我们在孔庙里见到的端着架子、高不可攀的泥塑像绝不相同。

《论语》中不全是孔子的语录，也偶有孔门弟子的话。如："吾日三省吾身，为人谋而不忠乎？与朋友交而不信乎？传不习乎？"（《论语·学而》）便是曾子说的，他还说过"士不可以不弘毅，任重而道远"（《论语·泰伯》）的话。

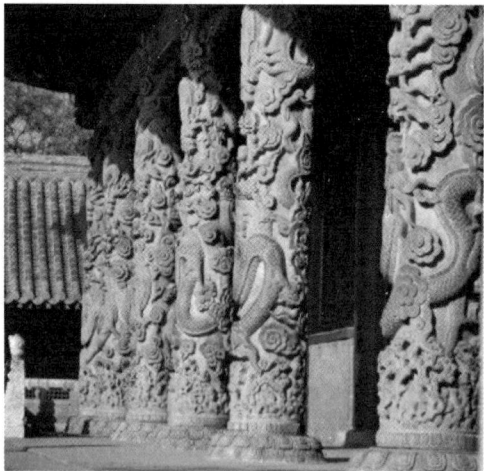

山东曲阜孔庙大殿的龙柱

孔子是两千五百年前的人了，可你愿意跟这位老前辈聊聊天、听听他的教诲吗？那你就去读一读《论语》吧。他的话简练平易，意义却很深刻，像是橄榄，越嚼越有滋味。

孟母三迁，成就孟子

孟子（约前372—前289）名轲（kē），比孔子晚生了近二百年。他自幼丧父，是母亲仉（Zhǎng）氏拉扯他长大。

孟母十分注重儿子的教育。他家本来挨着一片坟地，孟子没事常跟小伙伴在坟圈子里嬉戏，模仿人们送葬、哭泣的样子。孟母说：这可不是养孩子的地方！于是把家搬到集市边。

不料新家旁边是肉铺，孟子又玩起屠宰卖肉的游戏。孟母二话没说，再度搬家，这回选的是学宫隔壁。孟子看到每月初一、

孟母三迁

十五读书人到文庙跪拜行礼，于是也有样学样，迷上了经书与礼仪。——受着环境的熏陶，孟子勤学苦思，终成大器。"孟母三迁"的故事，也成了流传千年的育子佳话啦！

孟子的老师是子思的学生。子思名孔伋（jí），是孔子的嫡孙。说起来，孟子要算孔门的第四代学生了。孟子没见过孔子，但他非常仰慕这位先师，私下研读他的学说，这种师承关系，叫"私淑"。

虽说是私淑，可没人否认孟子是孔子的正统继承人；儒家思想也被称作"孔孟之道"。孟子的言论，全都记录在《孟子》一书中。全书分为"梁惠王""公孙丑""滕文公"等七篇，每篇又分上下，总共十四篇。

发于"四端"，止于"王道"

孟子

孟子主张"性善论"，认为善良是与生俱来的，存在于人的本性之中。他举例说：有个婴儿爬到井沿儿上，马上就要掉下去了；这一刻，每个见到的人都会心头一震，甚至叫出声来！——为啥会如此？难道他想跟孩子的爹娘攀交情吗？还是要在乡邻亲朋中博得仁爱之名？都不是！这只能理解为：人人内心都有同情心、悲悯心，这是与生俱来的善根！

人人都有同情心、羞耻心、谦让心、是非心，这就是儒家道德仁、义、礼、智的根苗。孟子把这称作"四端"或"良知""良能"——"端"就是起点、根苗的意思。

孟子提倡的仁爱，是有步骤的，即先从父母兄弟爱起，再由爱亲人扩展到爱所有的人，即所谓"老吾老以及人之老，幼吾幼以及人之幼"（善待自家老人，由此扩展到善待别家的老人；抚爱自家的孩子，由此扩展到爱别家的孩子）；最终延伸到爱动物，爱植物，爱一切有生命的东西。

孟子主张各国国君要施行"仁政"。他认为百姓闹乱子全是因为他们没有固定产业，活不下去的缘故。如果每个农民都分给五亩宅地，在周围种桑养蚕、喂鸡喂猪，另外再分给一百亩地种庄稼，那样一来，家里的老人就能穿上暖和的帛（bó）衣，吃上禁饿的肉食，也就不至于让白头老汉去背呀扛呀干重活了；一家子有吃有喝，还能供子弟们读书，学习伦理道德，这样一来，老百姓当然也就安居乐业啦。——孟子把这种治国理念称为"王道"。

敢向君王"放狠话"

孟子站在百姓的立场，曾说过"民为贵，社稷次之，君为轻"的话，意思是：老百姓最尊贵，政权次之，诸侯君主的分量最轻。这应该是他的真实想法。

孟子内心高傲，从不肯巴结君王贵族。有一回齐宣王问他：

公卿的职责是什么？孟子说，公卿又分王族公卿和异姓公卿。若是王族的公卿，君主有大过就应该劝谏；反复劝谏不听，就该把君主废掉！齐王听了，脸色都变了。

这话说得还算客气，孟子还说过更狠的话咧。

> 孟子告齐宣王曰："君之视臣如手足，则臣视君如腹心；君之视臣如犬马，则臣视君如国人；君之视臣如土芥，则臣视君如寇仇。"（《孟子·离娄下》）

这是说，臣下对君王如何，全看君王对臣下怎样。君若把臣当成手足肢体，臣就把君当作腹心来拱卫；君若把臣视为犬马，臣就把君视作陌路旁人；君若把臣看作一钱不值的泥土小草，就不要怪臣把君视为仇敌！——明朝皇帝朱元璋读了这段话，心里很不受用，于是大笔一勾，把这段文字从《孟子》中删掉了！

山东邹县孟庙

孟子有三句话，成为后世仁人志士的座右铭：

> 富贵不能淫，贫贱不能移，威武不能屈，此之谓大丈
> 夫。(《孟子·滕文公下》)

高官厚禄不足以诱惑他，贫贱境遇不能改变他，武力威慑不能让
他屈服，这才叫"大丈夫"。这应当是孟子的自我写照吧？

孟子喜欢打比方

孟子的文章写得很漂亮。他生在纵横家风行的时代，文章也
带上了纵横家的论辩色彩，说理透辟、气势磅礴、感情充沛。

孟子又擅长用打比方的方式讲道理。有这么个例子：魏国国
君梁惠王向孟子抱怨说，自己对待老百姓比邻国国君要强，可老百
姓仍然不肯亲近自己，这是什么缘故？孟子便打个比方来回答他：

> 填然鼓之，兵刃既接，弃甲曳兵而走。或百步而后
> 止，或五十步而后止。以五十步笑百步，则何如？(《孟
> 子·梁惠王上》)

战鼓震天响，双方的士兵交了锋，有的士兵丢掉铠甲，拖着刀枪
扭头就跑。有一位跑了一百步停下来，另一位跑了五十步停下
来。于是跑五十步的笑话跑一百步的胆子小，这事你怎么看？

当然很可笑啦！五十步也好，一百步也好，逃跑的实质却是

一致的。梁惠王贬低邻国，不也是"五十步笑百步"吗？

孟子就用这么一个小故事，谈笑风生地说明了治理国家的大道理。这种说理的本领，实在高明。——孟子喜欢借寓言讲道理。像"揠（yà）苗助长""弈秋""齐人有一妻一妾"等，便都是人们熟悉的例子。

孟子生活在纵横家"吃香"的年代，他的语言也沾染了雄辩的格调。书中的篇章大半是对话形式，往复辩论，滔滔不绝，很有气势。有些段落洋洋洒洒，高潮迭起；单抽出来，就是一篇很有章法的议论文！

后代不少散文大家，贾谊、韩愈、柳宗元、苏洵、苏轼……大都受到孟子的影响。至今汉语中有不少成语，像专心致志、与人为善、明察秋毫、缘木求鱼，都要向《孟子》中寻根求源呢。

荀子说：青出于蓝而胜于蓝

荀子

儒家的另一位大师是荀子（约前313—前238），名况，人们尊称他"荀卿"。汉代人又称他"孙卿"，因为汉宣帝叫刘询，而荀子的姓触犯了宣帝的名讳，同音也不行！

荀子的理论主张，全都在《荀子》一书中。全书共三十二篇，每篇各有标题，如《劝学》

《修身》《不苟》《荣辱》等等。

荀子出生时，孟子还健在。同属儒家，二位的主张并不完全一致。例如《荀子》中有《性恶》一篇，专门讨论"人性恶"的问题，便跟孟子的"性善论"唱起对台戏。

荀子说："人之性恶，其善者伪也。"——"伪"在这里是"人为"的意思。便是说，人性本恶，善是后天培养的结果。正因如此，荀子特别重视后天的学习。他的那篇《劝学》，就专门讨论这个问题。文章一开头就说：

> 君子曰：学不可以已。青，取之于蓝，而青于蓝；冰，水为之，而寒于水。木直中绳，𫐓以为轮，其曲中规，虽有槁暴，不复挺者，𫐓使之然也。故木受绳则直，金就砺则利。君子博学而日参省乎己，则知明而行无过矣。

这一段大意是说，在君子眼里，学习是不可以停止的。为什么呢？且看，青色的染料是从蓝草里提取的，颜色却比蓝草还深；冰是水结成的，温度却比水还要冷。一根木料跟木匠画的墨线一般直，可把它𫐓制成车轮，它能完全符合圆规的标准，以后再怎么暴晒，也不会变直，这是"𫐓"这道工序起了作用啊。同样道理，木材经过墨线的规范才能变得笔直，刀子经过磨石的研磨才能变得锋利。（这里的提取啊𫐓制啊磨砺啊，就等同于人的学习修养。）君子要广泛学习，并且每天不断反省检讨自己，才能心明眼亮，不做错事。

《劝学》篇善用比喻，警句迭出。如谈到学习要有恒心，就用了一连串比喻：

> 故不积跬步，无以至千里；不积小流，无以成江海。骐骥一跃，不能十步；驽马十驾，功在不舍。锲而舍之，朽木不折；锲而不舍，金石可镂。蚓无爪牙之利，筋骨之强，上食埃土，下饮黄泉，用心一也。蟹六跪而二螯，非蛇蟺之穴无可寄托者，用心躁也。

这段话，成了许多学子的座右铭。荀子的文章说理严密，每提一个观点，都要反复分析、比较、推演；论据一个接着一个，不容你不点头称是。一篇不足两千字的《劝学》，前后共用了六十多个比喻，文章也因此变得生动而不枯燥。

"成相"与"赋"：荀子创造新文体

见爷爷端起茶杯，沛沛赶紧往杯里续上热茶。爷爷呷了一口，补充说："在春秋战国的学者里，荀子对文学的贡献，可是数一数二的。《荀子》中有《成相》和《赋》两篇，都是纯粹的文学作品。'成相'是一种表演形式，即一边奏乐一边唱念；'相'是鼓一类的乐器。

"《成相》篇共有五十七段唱词，每段有固定的结构格式，句式长短相间，还带着韵脚。看看这段：

> 请成相，世之殃，

愚暗愚暗堕贤良。

人主无贤，如瞽（gǔ）无相何伥伥！

这段唱的是：请听成相词，世间多灾殃。愚人心暗昧，诋毁害贤良。君主无贤臣，如同盲者没人帮，无可奈何心慌慌！——这不就是后世的鼓儿词、顺口溜吗？

《赋》篇的文学性更强。咱们讲《诗经》时说过，'赋'本是一种平铺直叙的文

说唱俑

学手法，至此已变成文体名称。荀子是最早写'赋'的人，宋玉的《风赋》《神女赋》，都在荀子之后。

"《荀子》有短赋六篇，其中五篇类似于谜语：先对某事物做铺陈描述，却不告诉你是啥；随后提出问题，最后才揭出谜底。

"看看第一篇吧：'有物于此，生于山阜，处于室堂。无知无巧，善治衣裳……'——这儿有个物件，生在山岗，来到厅堂。没智慧，没技巧，却善于制作衣裳……以下又说它不偷不盗，却总是穿洞而行；日夜忙碌，把分离的聚在一起，制成各种图案纹样……

"如此描述一番，赋中又模拟君王口吻反问：你说的是起初挺狼犺（kàng），制成后挺秀气的物件吗？是尾巴挺长、头部尖的物件吗？……是既能缝面子，又能连里子的物件吗？最后才给出答案，原来是针！——你猜到了吗？"

沛沛等不及了，他要向爷爷借《荀子》，看看另几则谜语猜的是啥。爷爷说："别忙，给你留个作业，查查'诸子百家'是啥意思，明天告诉我。"

道家学派说老、庄

附列子

先秦诸子，百家争鸣

沛沛一上来先"交作业"："爷爷，我查过了，'诸子'专指春秋末年及战国时一批有主张、有名望的学者。'诸'是众多的意思，'子'是尊称。'诸子'就是'众多先生''诸位大师'。"

爷爷边听边点头："答得好！那个年代，周天子失去权威，说话没人听，诸侯各自为政，谁也不服谁。于是一些聪明人纷纷站出来，你讲你的主张，他说他的道理，都想来收拾这纷乱局面。三百年间，你争我吵，形成'百家争鸣'的局面——'诸子百家'就是这么形成的。

"昨天说到的荀子，曾在齐国的稷下学宫当'祭酒'，相当于学术掌门人。他在任时，正是百家争鸣最热闹的时候。

"说'百家'，只是个虚数。但大的流派，十几家总是有的。汉代人总结为'九流十家'，即儒家、道家、阴阳家、法家、名家、墨家、纵横家、杂家、农家以及小说家。

"儒家的代表人物是孔子、孟子、荀子，道家的是老子和庄子，阴阳家的是邹衍，法家的是韩非，名家是惠施和公孙龙，墨家是墨翟（dí），纵横家有苏秦、张仪，杂家是吕不韦和刘安，

稷下学宫内景

农家有许行。

"儒家的三位大师，咱们都说过了。纵横家前头也提过。至于小说家，指的可不是罗贯中、曹雪芹那样的后世小说家；先秦时的'小说'，近乎里巷传闻、'小道消息'，在十家中不大受重视，汉代学者说十家中'可观者九家'，那无足观的一家，便是'小说家'。——那么余下的八家又如何？咱们一一道来，就先看道家吧。"

《老子》讲些啥

道家的人生态度跟儒家大不相同。孔子奔忙一世，最终也没能实现自己的理想；可他的人生态度是积极的，跌倒了爬起来，失败了再从头来。人们把这种态度称作"入世"。

道家的态度正相反，他们是些聪明人，一肚子学问，满脑瓜儿哲理。可是看到世道太乱，靠着个人的力量，恐怕很难挽救；他们抱定消极态度，对世事一概不闻不问，关起门来躲清静，修

老子

身养性，独善其身。人们把这种态度称为"出世"。

为道家学说打基础的，便是老子——可不是"老子天下第一"的那个"老子"。他姓李，名耳，字聃（dān），又字伯阳；"老聃""老子"是他的别称。

老子（约前571—？）比孔子还早生二十来年，他本是周王室的"柱下史"，相当于皇家图书档案馆的头头。据说孔子到周朝访问时，还亲自向老子请教过礼的学问呐。

后来老子看出周朝要完，就辞职走掉了。传说他出函谷关的时候，守关的人请他留下一点儿文字，他就写了《老子》。全书八十一章，只有五千字。又分《道经》《德经》两篇，合称《道德经》。——不过也有人说《德经》应在《道经》之前的。

《老子》是一部哲理书，主要阐述了"无为而治"的思想。老子认为，统治者越是劳神费力地治理国家，情况就越糟。假如他们采取宽容的态度，一切顺其自然，那么民风自然淳厚，天下也就安定了。

他还认为，国家越小越好，百姓越少越妙。邻国之间尽管鸡鸣狗叫都听得清清楚楚，百姓却"老死不相往来"，这才是理想境界。——显然，这是拉着历史车轮倒退呢。大家都像蜗牛一样缩进自己的壳子里，社会还能发展进步吗？

不过老子的哲学中，也包含着不少辩证的因素。他强调一个"反"字，认为事物总是朝着相反的方向发展，盛极而衰，否极泰来〔繁盛到极点就会衰败，坏到极点又有转机。这里"否"（pǐ）指坏运道，"泰"指顺境、好运〕。他还说过"祸兮福之所倚，福兮祸之所伏"的话，意思是说：祸患中隐含着幸运的因素；幸运之中，又埋藏着祸患的苗头。

宋人赵孟頫书《道德经》片段

老子还看到，任何大的变化都是由小的变动发展而来的。"合抱之木，生于毫末；九层之台，起于累土；千里之行，始于足下。"就是说：一人合抱的大树是由细芽生长起来的，九层的高台是由小土块堆积成的，千里的长途是从抬脚走第一步时开始的。——这些比方，又简练又形象，道理也挺深刻。

《老子》中还有不少警句，如："民不畏死，奈何以死惧之！"这是对统治者说的：老百姓不怕死，你拿死来吓唬他们又有什么用！又如："天网恢恢，疏而不漏。"意思是：大自然的规律像一张大网，虽然网眼儿稀疏，但什么也漏不掉。这些句子都成了后人经常引用的成语、警句。

《老子》中充满着玄妙的哲理，俄国的大文豪托尔斯泰读了《老子》的译文，都佩服得五体投地！

树底逍遥觅庄周

跟老子同为道家代表人物的是庄子，他跟孟子同时，比老子晚生了两百年。

庄子（约前369—约前286）名周，是战国中期宋国蒙（一说在安徽，一说在河南）人。比孟子略小几岁。人们公认他是道家代表人物，与老子并称"老庄"。

庄子曾做漆园小吏，楚威王听说他有本事，请他去做宰相。庄子可不愿受那份儿约束，他对楚国使者说：您带来的礼物够贵重，许给我的官儿也够尊贵。可您没见过祭祀时用的牛吗？它被好吃好喝喂养了好多年，然后披上绣花的披风送进太庙里去挨刀子。在那个当口儿，它即使想降格做口猪活下来，也不可能啦！您赶紧走吧，别招惹我。我嘛，宁愿像口猪一样，自个儿在泥坑里找乐子，也不愿到你们国君那里受约束。——听听庄子这段自白，你差不多就能了解他的人生态度了。

《庄子》是庄子的文集，又分"内篇""外篇"和"杂篇"，共收录文章三十三篇。学者认为"内篇"七篇确是庄子所写，其他则有可能是弟子、后学所撰。

庄子继承了老子的思想，在某些方面还有所发展。譬如

庄子

他有这么一条论断：世界上没用的东西最值得羡慕。有一回，他跟好友惠子辩论。惠子说：有这么一棵大树，人们叫它臭椿。它的主干臃肿不堪，没法子在上面画墨线；它的小枝弯弯曲曲，又没法画方圆。它长在大路边，过路的木匠看都不看它一眼。你讲的那套理论，就跟这棵大树一样，大而无用，没人会信服。

庄子却回答：好啊，你有这么一棵大树，何愁没用呢？你干吗不把它树立在虚无缥缈的原野上，你呢，就那么无所作为地在它旁边徘徊，逍遥自在地在树荫下躺着。这棵树既不会遭斧头砍伐，也没啥能伤害它的。这种啥用也没有的东西，又怎么会有痛苦呢？——你看，这就是庄子的世界观。说到底，庄子的"出世"，是为了"避害"。

"彷徨乎无为其侧，逍遥乎寝卧其下"

大鹏展翅，扶摇九天

庄子的散文有很高的文学技巧。他说自己的文章"寓言十九"，意思是十篇里有九篇是寓言。这些寓言浪漫、夸张、想象奇特，又富于诗意。有一篇《逍遥游》，一开始就这样写道：

北冥有鱼，其名为鲲，鲲之大，不知其几千里也。化而为鸟，其名为鹏，鹏之背，不知其几千里也。怒而飞，其翼若垂天之云。是鸟也，海运则将徙于南冥。南冥者，天池也。《齐谐》者，志怪者也。《谐》之言曰：鹏之徙于南冥也，水击三千里，抟（tuán）扶摇而上者九万里；去以六月息者也。

北海有条叫鲲的鱼，身体足有几千里大小。它变成大鹏鸟，同样有几千里大小。鹏鸟奋力一飞，翅膀如同张挂在天空的云彩。当海水汹涌的时候，这只鸟便向南海飞去——南海便是天池。有一本书叫《齐谐》，那里面说：鹏鸟飞往南海时，翅膀一扇，激起的浪花足有三千里。它像旋风一样回旋向上，一直飞到九万里的高空；它是乘着六月的大风飞去的！

这是个多么浪漫而夸张的画面！读了这则寓言，人们仿佛也跟着进入一个辽阔宏大的境界中。

三星堆遗址出土的青铜神树上的神鸟：它是庄子神话中的大鹏吗？

寒蝉夸海口

说罢体形庞大的鲲鹏，庄子笔锋一转，又讲到两个小东西：蜩（tiáo）和学鸠，也就是蝉和小灰雀。蜩听到大鹏鸟的消息，就笑着对学鸠说：我"噌"的一下子飞起来，能够着榆树、枋树的尖尖；飞不到也没事，落到地面上就是了。言外之意是：我的活动范围够大，也够自由的了，哪里用得着升上九万里高空，飞到遥远的南海去呢？

对此，庄子评论说：到野外去，带上三顿干粮，够打来回的，到家肚子还没饿呢。可是要到百里以外去旅行，就得提前一宿舂好足够的粮米。至于到千里之外，更得准备好三个月的口粮。这个道理，蝉和小灰雀两个小东西又哪里懂得！

庄子因此说：小聪明赶不上大智慧，短命鬼比不过老寿星。你瞧，只能活一个早晨的蘑菇，哪见过月初月末的情景？短命的寒蝉，自然也见识不到春天和秋天的光景。而楚国之南有一只大龟，拿五百年当春季，五百年当秋季。上古时还有一种大椿树，以八千年为春季，八千年为秋季！——相比之下，我们人类太可怜了：就说以长寿闻名的彭祖吧，也只活了八百岁，可人们还争着跟他比，太可悲了！

这就是庄子的哲学：他要人们通过大小、长短的对比，认识到个体的渺小，生命的短暂。如果还有人痴迷不悟，一味地争逐名利、患得患失，又跟目光短浅的寒蝉、灰雀有啥两样？只会贻笑大方的！

这也正是道家的典型思想。

河伯知忏悔，浑沌不开窍

庄子有些寓言，至今仍不失启发意义。譬如在《秋水》篇的开头，庄子讲了这样一个寓言：秋天来了，百川归入黄河，黄河水面宽阔，连河对岸的牛马都分辨不清啦！黄河之神河伯因此得意起来，以为这一下老子天下第一啦。他驾着滚滚波涛来到大海，往东一望，哪儿看得到头啊！

河伯于是转过头，向海神叹口气说：俗话说，懂得道理一百样，以为谁也赶不上！——这话简直就是讽刺我呢！我要不是到您这儿，亲眼看看大海的广博无边，那可就悬了。我这么自高自大下去，非让有见识的人笑话我不可！

这里表达的仍是庄子的一贯思想：山外有山，天外有天；狂妄自大、盲目骄傲，是最要不得的。

安徽蒙城庄子祠

《庄子·应帝王》篇还有一则"浑沌之死"：

南海之帝为儵（shū），北海之帝为忽，中央之帝为浑沌。儵与忽时相与遇于浑沌之地，浑沌待之甚善。儵与忽谋报浑沌之德，曰："人皆有七窍以视听食息，此独无有，尝试凿之。"日凿一窍，七日而浑沌死。

你瞧，南海之帝儵和北海之帝忽为了感谢中央之帝浑沌的热情款待，商量着为他做点儿事。说是人人都有七窍，用来看、听、饮食、呼吸，唯独浑沌没有。就让我们替他"开开窍"吧——于是两人每天为浑沌开通一窍，到第七天大功告成，浑沌却死掉了！

没有七窍、一派混沌，本来是浑沌的自然状态。这个状态一旦被打破，浑沌不再混沌，他的生命也就完结了——做君主的如果能明白这个道理，还会去胡乱指挥、折腾百姓吗？

杀牛的艺术与哲学

我们熟悉的《庄子》寓言还有"庖丁解牛""邯郸学步""濠梁辩鱼"等。

"庖丁解牛"是《庄子·养生主》中的一则寓言。——文惠君（即梁惠王）看庖丁（厨师）杀牛，只见他手触肩倚、脚踏膝顶，那把刀快速滑动、刷刷作响，如同音乐！文惠君看得高兴，不禁赞美道：妙啊！技术竟能达到这般神妙的地步！

听到夸奖，庖丁放下刀，讲了一篇杀牛心得：我最初杀牛时，眼前所见，无非是头整牛。三年过后，就见不到整牛了。如今，我只用心神去感知，全然不用拿眼瞅！有时眼睛看着应该停下来，可心却告诉我应当继续。我的刀顺着牛体的天然结构劈开缝隙，划向空当儿，刀锋仿佛一点儿障碍都没有！

他又指着手里的刀说：好的厨师一年换一把刀，因为他是割；一般的厨师一个月换一把刀，因为他是砍。我手里这把刀，用了十九年了，杀牛几千头，可刀刃还像刚磨过似的！——因为牛的筋肉骨节间总会有缝隙，而我的刀刃却薄得几乎没有厚度。拿没厚度的刀刃插到有间隙的筋骨间，"恢恢乎其于游刃必有余地矣"（刀刃在骨缝中自由游走，还蛮有富余哩）！

不过，庖丁又说：尽管如此，每到筋节交错的地方，我仍要小心翼翼。到最后，刀子微微一动，那牛"哗啦啦"解体，如同泥土一样堆到地上；牛还不知道自己已经死了呢！每逢此刻，我便"提刀而立，为之四顾，为之踌躇满志，善刀而藏之"（我于是提刀站在那儿，环顾四周，志得意满，把刀擦干净收起来），那份骄傲劲儿就别提啦！

文惠君听了庖丁的话，不由得赞叹说：太好了！我听了庖丁这番杀牛心得，竟从中领悟出养生之道来！——是啊，凡事都要"依乎天理""因其固然"。宰牛要熟悉牛的生理构造，操刀时顺势而为、避实就虚，养生又何尝不是如此呢？

这篇寓言不光说理巧妙，还刻画出生动的人物形象来。在庄子眼中，这个身份微贱却技艺娴熟、深通哲理的庖丁，实在比世间君王还要高明。

庄周梦见自己变成蝴蝶，醒来后有点儿糊涂，不知是庄周梦中变成蝴蝶，还是蝴蝶梦中变成庄周（见《庄子·齐物论》）

老丈承蜩与螳螂捕蝉

　　孔子的形象也不时出现在庄子寓言中。《庄子》中有一则"老丈承蜩"，便记述了孔子师徒一次"现场教学"。——"承蜩"就是用一根顶端涂了胶的长竿把树上的蝉粘下来。

　　孔子和弟子们到楚国去，在一片树林中见一位驼背老人正举着竿子捕蝉，一粘一个，如同从地上拾取一样轻巧。孔子赞叹不止，便向老人请教。

　　老人说：这里面确实有门道。先要经过五六个月的苦练，练到在竿头上摞（luò）两个小球而不掉下来，就很少会失手了。如果摞三个小球不掉，失手的可能便只剩十分之一。若是摞五个小球不掉下来，那就万无一失，跟捡东西一样容易啦。

　　老人又传授经验说：捕蝉时，身子要稳，像是一截木桩；伸出的手臂如同一段枯树枝。那一刻，仿佛天地万物都消失了，眼中只有那薄薄的蝉翼。心无杂念，一动不动，任啥也不能分散我的注意力，又哪里会捉不到呢？

孔子听罢，转头对学生们说：俗话说"用志不分，乃凝于神"（用心专一，才能凝聚精神），说的就是这位驼背老丈啊！

蝉（"蜩"）这种昆虫又叫"知了""蛞蟆"，凭借薄薄的蝉翼摩擦而发声，天越热，就"叫"得越厉害。大概它的鸣叫经常打断庄子的思考吧，因而也常被庄子写进寓言里。譬如在《山木》篇中，它再度出现。

庄子出游，见有只怪鸟突然飞来，此鸟眼大无神，翅膀碰到庄子的额角都没感受到，径直飞过去，停在一棵栗树上。庄子拿起弹弓，正要弹射，却见有只蝉正在一片树叶的阴影下休息，全然不知有只螳螂正借着树叶的掩护向它逼近呢。同样，螳螂也没理会有只怪鸟正盯着它。当然，怪鸟只顾眼前的利益，

螳螂捕蝉（刘奎龄绘）

全然不知自己正处在庄子的弹弓射程内。庄子见状，大为感叹，扔下弹弓转身离开。不料看园人追在后面叱骂，以为庄子想偷栗子呢！

庄子为此反省了三天，终于醒悟：万物为了眼前小利，是多么容易丧失真性！——这则寓言日后演化为成语"螳螂捕蝉，黄雀在后"，用来讽刺并警告那些目光短浅、见利忘身的人。

濠梁上的论辩

"邯郸学步"是说一个小伙子听说邯郸人走路的姿态很美，就专程去学习。结果"邯郸步"没学会，自己原来怎么走路也忘掉了，只好爬着回家去。——这则寓言讽刺犀利，对我们的学习，也有启发意义。

庄子不但故事讲得生动，他的论辩才能也十分高明。"濠梁辩鱼"就记载了他和惠子在河边的一场有名的辩论。惠子即惠施，是庄子的好朋友。

庄子看到河里的游鱼，感叹说：看这小白鱼，从容自在多快活！惠子马上反驳：您不是鱼，怎么知道鱼快活呢？庄子反问：您不是我，怎么知道我不知道鱼快活？惠子说：对呀，我不是您，本不会了解您；同样道理，您不是鱼，因此您也全然不知鱼是否快活。庄子说：咱们还是从头儿上说起吧，您问我"怎么知道鱼快活呢？"，这是说您已经知道我了解鱼快活才问我的。我告诉您，我就是在这河梁上知道鱼快活的呀！

这场辩论怪有意思的，两人绕着弯子说话，各讲各的理儿，

濠濮间是北京北海公园的园中园，命意取自《庄子》

越辩越玄妙。——虽说庄子的口才令人佩服，却又难脱诡辩的色彩，惠子真能心服口服吗？

《庄子》又是一本"成语词典"

在先秦诸子中，庄子散文的成就是最高的，风格汪洋恣肆，恢宏奇诡。有人评论说，庄子的文章"无端而来，无端而去"，正像他笔下的大鹏鸟，扶摇而上，不知所止。

庄子所开创的文章风格，影响到后世的文学家，如阮籍、陶渊明、苏轼、辛弃疾、曹雪芹……在他们的诗文、小说中，都能找到《庄子》的影响印迹。

此外，检点汉语词汇库，出自《庄子》的成语数量惊人，什么鹏程万里、扶摇直上、一飞冲天、越俎代庖，大相径庭、朝三暮四、沉鱼落雁、游刃有余、螳臂当车、相濡以沫、善始善终、莫逆之交、绝圣弃智、得心应手、东施效颦、望洋兴叹、一日千里、坎井之蛙、邯郸学步、夜以继日、呆若木鸡、得意忘形、螳螂捕蝉、亦步亦趋、失之交臂、得意忘言、分庭抗礼、能者多劳、学富五车、大同小异……这里抄的，还只是一小部分。庄子的创造力，真的很惊人！

至于说到哲学思想，庄子的与老子的一脉相承，人称"老庄哲学"。而老庄的道家、孔孟的儒家以及外来的佛教，在后来的中国文化中形成三大哲学流派。三者间有竞争也有融合，共同塑造了中国文化，哺育了中国的文人。

补充一句，这里所说的"道家"，跟汉代兴起的道教可不是一回事。尽管道教也借用道家的学说，还把老子尊为神明，把《老子》《庄子》奉为经书——道教的《道德经》和《南华真经》，便是《老子》与《庄子》的别称。

列子寓言，不让庄周

听到这儿，沛沛问爷爷："道家代表人物除了老子、庄子，还有哪位？"

爷爷说："还有列子，名叫列御寇，是战国时人。庄子在著作里还提到他哩；《庄子》中有一篇的题目，就叫'列御寇'。

"跟许多诸子作品一样，列子的著作就叫《列子》，里面也有不少寓言、神话，像'杞人忧天''愚公移山''夸父逐日''歧路亡羊''纪昌学射''伯牙鼓琴''疑人偷斧''两小儿辩日'

愚公移山图（徐悲鸿绘）

等，都为人熟知。

"看看'纪昌学射'吧：纪昌跟随老师飞卫学习射箭。飞卫说：你先要学会不眨眼，然后再谈学射的事。于是纪昌整天仰卧在妻子的织布机下，紧盯着高速移动的梭子。苦练了两年，练到锥子尖刺向眼睛都不眨一眨眼。

"老师又提出新要求：要练好眼力，得视小如大才行。这一回，纪昌在窗口用牛毛吊了一只虱子，每天盯着看。看了三年，眼中的虱子已大如车轮。再看别的目标，更如山丘一般！纪昌拈弓搭箭朝虱子射去，一箭贯穿虱子的心，而拴虱子的牛毛竟然没断！老师替他高兴，说：'汝得之矣！'（你已经掌握射箭诀窍啦！）

"不料纪昌自此骄傲起来，竟动起歪心思，寻思若没有老师，自己岂不是'老子天下第一'了吗？有一回两人在野外相遇，竟对射起来。只是两人的箭总是在半道'顶牛'双双落地，谁也伤不着谁。

"可是当纪昌射出最后一箭时，飞卫手上已经没箭啦。只见他不慌不忙在路边撅了根酸枣枝，用来抵住飞来的箭，竟分毫不差！纪昌顿时感到：老师就是老师！于是痛哭流涕地丢下弓，拜飞卫为干爹，发誓永不背叛。

"这则寓言故事完整，又有着传奇色彩，如同一篇微型小说。寓言人物的心理变化，也给人以启示，让人警醒。

再看'好沤鸟者'，说海边有个小伙子，打心眼儿里喜欢海鸥，海鸥也都喜欢他。他每天到海边来，总有成百只海鸥下来跟他玩耍。有一回他爹对他说：我听说海鸥都亲近你，你何不捉两只来给我玩玩？小伙子答应了。可第二天他再来海边时，海鸥都高高飞起，再也不肯落下来！

"据作者说，文中的寓意是'至言去言，至为无为'（最高深的话是不说，最超绝的行为是不做）。换个角度看，似乎又在告诉人们：一个人的机心是无法隐藏的，即便不言不动，仍能表现在眼色及神态上，连禽鸟也瞒不过！

"后人常以'鸥盟'（与鸥鸟结盟）来比喻远离尘世、退隐江湖的生活状态。如唐人李白就有'明朝拂衣去，永与白鸥盟'的诗句；宋人辛弃疾还以'盟鸥'为题填写《水调歌头》，说：'凡我同盟鸥鹭，今日既盟之后，来往莫相猜。'（猜：猜疑，猜忌。）用的便都是这个典故。

"对了，有一点应当提到：《列子》这书有点儿不可靠，很可能是魏晋时人假借列御寇的名儿撰写的。不过这位无名氏的文笔没的说，历代学者无不夸赞，认为水平不在《庄子》之下呢。"

第 7 天

《墨子》与
《韩非子》

附杂家等

"白马"是"马"吗

"爷爷，'名家'又是怎么一回事？"沛沛一见爷爷，就迫不及待地发问。

爷爷说："古人最重名分，孔子就说过：'名不正则言不顺，言不顺则事不成。'意思是说，名分不正，就不能理直气壮、言通意顺，事情也就办不成。——而辨别名、实，正是名家的专长。

"名家又称'辩者'，他们热衷于辩论。还记得跟庄子一同在濠梁上'辩鱼'的惠施吗？他就是名家代表人物。他特别喜欢讨论一些奇怪的命题，例如'今日适越而昔来'（今天才踏上越国的国土，其实昨天就到了），'我知天下之中央，燕之北、越之南是也'（我知道天下的中央在哪儿，是在北方的燕国以北和南方的越国以南），如此荒诞的命题，惠施却偏能'辩'出道理来。——可惜他的著作《惠子》已经失传。

"不过另一名家代表人物公孙龙的著作《公孙龙子》还能看到。公孙龙有个'白马非马'的著名论点，说'马'是用来称呼马的形体的，'白'是用来表示颜色的；二者结合起来，才是'白马'，跟单单称呼形体的'马'不是一回事，由此得出'白马

公孙龙有个著名论点叫"白马非马"

非马'的结论——你说，他讲得有道理吗？"

沛沛略一思索，说："他在偷换概念呢。'马'既可称呼马的形体，又是马这个种类的总称，所以'白马'当然是在'马'的概念底下啦。"

爷爷满意地点点头："讲得好！下面咱们重点讲讲墨子和韩非，这两位分别是墨家与法家的大师级人物。"

"兼爱""非攻"，墨家主张

墨家在先秦时期地位很高，几乎与儒家并驾齐驱。墨家的创始人墨翟（前468—前376）是战国时鲁国人，比孔子略晚，早于孟子。

墨家本是宋国贵族，后来家世败落，到墨子这儿，已是平头百姓。也有人说，有一类做苦工的囚犯叫"墨"，墨子的家族或

墨子（孙文然绘）

许受过刑罚，也说不定。甚至有一派说，墨子皮肤黝黑，是印度人，就更没有切实根据了。

墨子生活在社会底层，他的主张代表了小生产者的利益，核心便是"兼爱""非攻"。

"兼爱"就是爱所有的人。墨子说：圣人治理天下，如同医生看病，先要找出病根儿来。如今天下大乱，病根儿在哪儿？就是"不相爱"——儿子不爱父亲，弟弟不爱哥哥，臣民不爱君主。反过来，父亲、兄长、君主也不爱儿子、弟弟、臣民。人人都想着"利己亏人"，天下能不乱吗？可见"兼爱"是多么重要！

至于诸侯侵略别国，同样是损人利己的行为，不合"兼爱"的原则，因此要起而反对——这个又叫"非攻"，也就是反对侵略战争。所以说，兼爱、非攻其实是一码事。

墨子片言胜千军

墨家最讲究实干。为了反对侵略战争，墨子经常在各国间奔波，头顶全秃了，脚板也磨破了，可这全然不能动摇他的信念。有一回，有个能工巧匠叫公输班的，为楚国打造了一种云梯战具，楚王准备用它来攻打宋国。墨子一听说，连夜赶去见公输班。

墨子故意对公输班说：北边有个人欺负我，我给您带来千金厚礼，求您帮我除掉他吧！公输班脸色大变：你把我看成什么人了？我可是从不杀人的！墨子抓住这话，马上反问：听说您帮楚国打造云梯，准备攻打宋国；您不肯杀一个人，却要去杀千百人，这不是糊涂吗？公输班哑口无言，只好答应墨子的请求，带他去见楚王。

墨子先给楚王讲故事：有个人，家里放着装饰精美的好车子不坐，偏要偷邻家的破车子；家里有锦绣衣服不穿，偏要偷邻家的粗麻短袄；家里有白米肥肉不吃，偏要偷人家的糠窝窝。这个人到底怎么啦？楚王回答：一定是得了偷窃的病啊！

墨子马上说：如今楚国方圆五千里，宋国只有五百里；楚国

墨子救宋（王叔晖绘）

的川泽中满是犀牛、麋鹿、鱼鳖之类，宋国连山鸡、野兔、鲫瓜子都没有；楚国的名贵树木连成片，宋国呢，一棵大树也见不到。大王如果执意攻宋，不是跟那个家里很阔绰却偏稀罕别人家破烂儿的怪人差不多了吗？楚王这下子没话说了。

接着墨子又摆出宋国的实力，说明宋不可攻的道理，楚王终于打消了攻宋的念头。——墨子的一席话，胜过了千军万马，他的讲演，真可谓一字千钧。

墨家还主张省吃俭用，反对办丧事时铺张浪费、礼节繁缛，这跟儒家正相反。另外，墨家相信上帝和鬼神，这是下层社会的旧信仰。有的学者总结说，儒家和墨家都是守旧派，只不过一个是守上层社会之旧，一个是守下层社会之旧。

墨家有着严密的组织，头目称"钜子"，统领众人，一呼百应。在很长一段时间里，墨家学说号称"显学"（与社会现实联系密切的大学问），跟儒家分庭抗礼。直到汉代董仲舒搞"罢黜百家，独尊儒术"，墨家的势力才逐渐式微。

照相原理早知道

墨家弟子搜集老师的讲课笔记和谈话记录，编为《墨子》一书，今存五十三篇，包括《兼爱》《非攻》《尚贤》《尚同》《节用》《节葬》《公输》等。墨子与公输班斗法的情节，便出于《公输》篇中。

《墨子》中还有《经》《经说》《大取》《小取》等篇，文字古奥难懂。然而经过学者研究，发现其中涉及哲学、伦理学、逻辑学等多方面内容，甚至还有对几何学、力学、光学、天文学的讨论哩。

例如有这样一条："圆，一中同长也。"这是啥意思？原来是对"圆"的定义，说是有一个中心点（"一中"，也就是圆心），将与此点距离相等的点连起来，也便形成一个圆。——"同长"是指半径。

《经》和《经说》篇还提出一个有趣的光学现象，说：什么情况下可以形成景物的倒影呢？关键是要有一个小孔，光线通过小孔形成交错，便可生成倒影。又进一步解释说：有光射在人身上，反射回去，由于脚部和头部的平行光线被挡住，脚部的光线只能通过小孔反射到窟室墙壁的上部，而头部的光线则反射到下部，于是形成头朝下、脚朝天的颠倒影像。

这里所讲的，是光学中"小孔成像"的原理。我们拿来一只盒子，在一侧盒壁上扎一小孔，另一侧盒壁用一块毛玻璃代替。把小孔对着阳光下的人物风景；小孔另一侧的毛玻璃上就会映出人物风景的倒影。现代照相机的发明，便是利用这个原理。

墨子和他的弟子们不仅注意到这一现象，还能清楚地解释它的形成原理，这不能不让我们吃惊！——墨家格外注重生产活动中的工艺和技术，他们的某些研究甚至已经触及自然科学的边缘。只可惜墨家自身存在着某些弱点，在先秦诸子的激烈竞争中逐渐衰落，连同他们所秉持的科学精神（尽管是原始的、质朴的）也一同沉沦于历史的长河中，说起来实在可悲！

《韩非子》：书中自有和氏璧

再说说法家代表人物韩非（约前280—前233），他出身韩国贵族，师从荀子，勤苦好学，又转益多师，渐渐形成自己的一套理论。相传韩非说话口吃，不善辞令。不过写起文章，却手不停挥、下笔千言。

当时韩国弱小，韩非多次上书，提出富国强兵的主张，得不到本国君主的重视。不料他的文章传到秦国，却令秦王极为赞赏，于是发兵攻打韩国，点着名儿索要韩非。韩王本来没把韩非当成一回事，乐得放人。

韩非的同窗李斯，先到秦国做官。他的学问不及韩非，生怕韩非抢了自己的位子，便在秦王面前进谗言。结果韩非被诬下狱，最终死在狱中。——所幸他的著作《韩非子》流传了下来。

《韩非子》包括五十五篇文章，总结了一整套法家的治国方略。法家反对不切实际的复古学说，主张帝王要善于运用势、术、法来统治国家。"势"就是君主的权威，"术"是驾驭臣民的手段，"法"则是法令制度。

其实在韩非之前，法家思想已经很成熟。如仕魏的李悝（kuī，前455—前395）、仕秦的商鞅（约前395—前338）、仕齐的慎到（约前390—前315）、仕韩的申不害（约前385—前337），都是法家代表人物。韩非综合了他们的理论，成为法家的集大成者。

法家学说重实用、见效快，很受君主的重视和偏爱。虽然韩非本人命运不济，可他的学说却被历代帝王们研究实践了两千多年！

韩非的文章特点是条理分明、逻辑严密，又善用寓言讲道理。有个和氏璧的故事，就出自《韩非子》。

有个名叫卞和的，得到一块玉璞——也就是含着玉的石头，拿去献给楚厉王。厉王的手下说：这不过是块普通的石头。厉王认为卞和有意耍弄他，便砍掉卞和的左脚。厉王的儿子武王继位，卞和又去献璞，仍被视为骗子，结果他的右脚也被砍掉了。

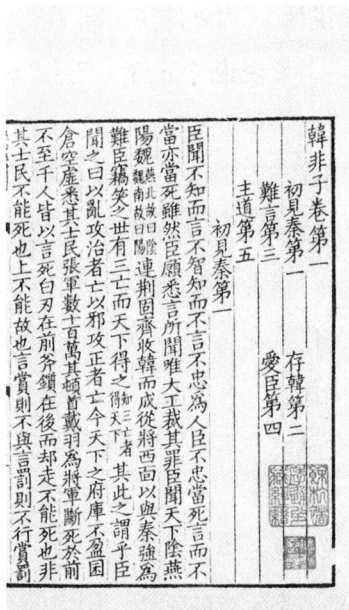

《韩非子》书影

武王死了，文王继位。卞和抱着玉璞在山根下哭了三天三夜。文王派人问他：天下砍脚的人多了，怎么单单你哭得这么伤心啊？卞和回答：我不是因砍脚而伤心，我伤心的是——明明是宝玉，非说是石头；明明是诚实的人，偏说是骗子！

文王派行家把璞凿开，里面果然是块稀世美玉。这块玉石后来成了国宝，被称作"和氏璧"。——韩非想用这个寓言告诉君主：我韩非的学说就是一块玉璞，你们可别错过啊！

笔扫"五蠹"，推崇峻法

读《韩非子》，有几篇是必读的，即《五蠹（dù）》《孤愤》

《说林》《内外储说》和《说难》。

就说说《五蠹》吧。"蠹"即蛀虫，书籍、木器生了蛀虫，早晚是要被蛀空的。这里是用蠹虫来比喻五种危害社会的人，分别是学者（儒家）、言谈者（纵横家）、带剑者（侠客）、患御者（逃避兵役的人）和工商之民（商人、工匠）。

学者和侠客怎么会成为社会蠹虫呢？韩非说："儒以文乱法，侠以武犯禁。"原来，在他眼里，儒家的学说只会扰乱法治。他举例说，有个叫直躬的年轻人，向官府告发父亲偷羊，结果反被令尹以"不孝"之罪杀掉了。有个鲁人临阵脱逃，说是家有老父无人赡养，孔子反而提拔他当了官。

韩非说：从法律上看，直躬是君主的直臣、父亲的逆子，而鲁人是父亲的孝子、国家的叛将。可是儒家的做法净跟法律拧着干，这不是乱套了吗？再说侠客，干的是仗剑逞凶、违法乱纪的事；结果呢，反倒受到君主的厚待，这让执行法律的官吏如何是好？

按照韩非的主张，治理国家根本用不着什么智者、贤人，只要用好"法""术""势"，不愁国家不富强。至于百姓，韩非的策略是"重赏之下必有勇夫"。农夫辛苦种田能致富，士兵英勇杀敌能获赏，自然国富民安。

韩非的"理想国"是这样的：一切文献典籍都是多余的，只拿法令当教材就足够了。什么三代先王的教诲，全是空话！官吏就是最好的老师。在法家统治下，没人敢为私事仗剑斗殴，人们只把为国杀敌当成勇敢。境内百姓发言必须合于法律，劳作必须为国效力，有勇力者全到军中服役。国家富强了，自然能称雄天下，要想赶上五帝三王，就得这么办！

对于君主来说，这套理论确实有效。然而韩非只顾及君主和国家的利益，百姓则被剥夺了一切自由，跟奴隶又有什么两样？

韩非所描绘的治国蓝图，后来被秦王采纳。秦始皇焚书坑儒、以吏为师的举措，便是受《五蠹》的启发。

《说难》《孤愤》两篇，则总结了侍奉君主的经验和教训。韩非是上层斗争的失败者，字里行间不难看出怀才不遇的感慨和悲愤。

至于《说林》和《内外储说》等六篇，则收录了大量历史传闻、民间传说和寓言故事，这应是韩非读书时随手记下的，如同内容丰富的"卡片箱"，写文章时可以随时抽取、引作例证，这也使韩非的文章变得格外生动。

翻翻《说林》和《内外储说》，里面有大量寓言，像"纣为象箸""涸（hé）泽之蛇""不死之药""三虱争讼""棘刺母猴""滥竽充数""买椟还珠""郢书燕说""郑人买履""自相矛盾""守株待兔"……稍加编选，便是一本《韩非寓言集》。

《吕览》《淮南》，杂家名著

诸子十家中农家的代表人物是许行，他主张发展农业，还身体力行，带着学生躬耕田亩。他的著作没能流传下来，因而谈不上有啥文学价值。倒是杂家的作品值得一读。

最有名的杂家著作是战国末年的《吕氏春秋》，又叫《吕览》。吕氏就是秦国相国吕不韦（约前290—前235）。当然，他

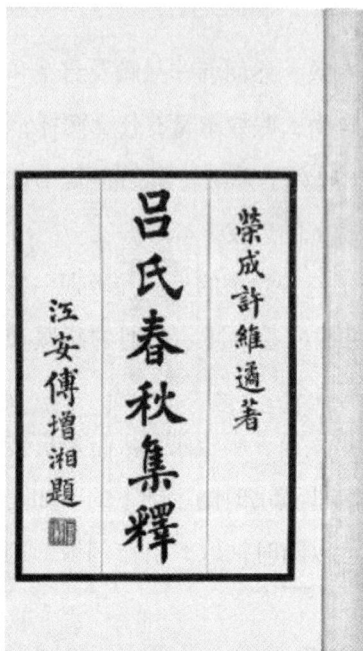

《吕氏春秋集释》书影

只能算是领衔主编，真正动笔的是他手下的门客。

吕不韦有门客三千，他们各写见闻，汇编成八"览"、六"论"、十二"纪"，共一百六十篇，足有二十多万字！全书以道家思想为基调，又掺杂了法家、名家、墨家、农家、阴阳家之言。由于思想混杂，汉朝人便把它归入杂家一流。

杂有杂的好处。《吕氏春秋》集中了诸子散文的特点：篇幅完整、语言生动、说理透辟、善用比喻。

书中也有不少寓言故事，有个"刻舟求剑"的寓言最有意思：一个楚国人乘船过江，不小心把剑落入江心。他不急着捞剑，却拿小刀在船舷上刻了记号，说：我的剑是从这儿掉下去的！他不想想：船在走，剑却没动，哪里还捞得到呢！这个故事讽刺那些不顾时代变迁、死守旧法令的人，真是一针见血。

《吕氏春秋》中有名的寓言，还有"掩耳盗钟""荆人涉澭""穿井得人""掣（chè）肘"等。

据说书编好后，吕不韦命人把它悬挂在城门上，说谁能挑出毛病来，便能获得千金重赏！可竟然没人挑得出。大概不是因为书写得完美，而是吕不韦权势太大，没人敢"太岁头上动土"吧？就连当时年纪尚幼的嬴政，也就是后来的秦始皇，也要喊吕不韦一声"仲父"呢！——"一字千金"的典故，便出在这里。

杂家的另一部代表作是西汉淮南王刘安（前179—前122）的《淮南子》。没错，刘安也是挂名主编，书的真正作者是他的门客。这书跟《吕氏春秋》相近，也带有百科全书的性质。其中记录的一些神话特别引人注目，像"女娲补天""羿射十日""共工触不周山"等等。——此书尽管完成于汉代，所借鉴的仍是先秦诸子的思想成果，因而仍可插在先秦诸子的书架上。

不出屋门的"地理大发现"

沛沛掰着指头算了一下，诸子十家已经介绍了八家，还剩小说家和阴阳家。

没等沛沛问，爷爷便开口道："先秦两汉的'小说'概念跟今天的有所不同。在班固口中，小说是指小道消息、野史传闻之类，被士大夫看不起。班固甚至认为诸子十家'可观者九家'，那无足观的一家，自然就是'小说家'啦。而'九流十家'的说法也就是这么来的呢。"

沛沛问："阴阳家又是怎么回事？"

爷爷说："阴阳家的代表人物邹衍（约前305—前240）是齐国人，早先也曾师从儒家。日后他从儒家学说中获得启示，自成一家，创立了'阴阳''五行'之说。

"'阴阳'的说法起于《易传》的'太极生两仪，两仪生四象，四象生八卦'。——'两仪'便是相互对立又相互依存的阴、阳两极。

"至于'五行'，是指金、木、水、火、土五种元素，古人认为，世界便是由这五种元素构成的。在此基础上，邹衍又创造了'五行相生相克''五德终始'的理论。照他的说法，五行之间存在着相生相克的规律。例如金生水而克木、木生火而克土、水生木而克火，火生土而克金、土生木而克水。

"想想也不是没有道理：水来土掩，故土克水；而木生于土，乃是对土的利用。此外，金属工具可以加工木材，火又能熔化金属，水则能灭火，如此循环往复，相克相生。

"五行存在于天地之间，自然也影响到人类社会。邹衍说，历史上每一朝代都秉承着某种'德性'，或为土德，或为木德，或为火德……某一朝的'德'衰败了，便有相克的'德'去取代它，人间朝代的更替，早就由老天注定了！——邹衍的这一学说，居然影响了中国历史两千多年！

"此外邹衍还提出'大九州'的观念。说是中国虽大，却只占着天下的八十一分之一。中国的别称是'赤县神州'，内部被大禹分为九州。而在赤县以外，还有九个像中国这么大的州，这才是邹衍所说的'九州'。这样的九州合在一起，又形成一大州；而大州又有九个！——邹衍所说的'大州'，不就是相当于今天的五洲之'洲'吗？邹衍在自然科学极不发达的时代，坐在屋子里提出大九州的观念，居然跟世界的真实模样大致相似，不能不说是一件奇事！

"邹衍能言善辩，连擅长诡辩的公孙龙都辩不过他。由于他总要谈天啊地啊等大问题，人们送他一个诨名，叫'谈天衍'！"

第 **8** 天

屈原与《离骚》

附宋玉

屈大夫忠而见谤

"先秦文学已经结束了吧，爷爷？"沛沛一上来就问。

"哪里，有一位大诗人还没讲到呐！"爷爷端起茶杯，吹了吹上面浮着的茶叶，抿了一口说："我说的是战国时楚国的爱国诗人屈原（约前340—前278）。他跟孟子、庄子、张仪、苏秦、荀子、韩非，都是同时代人。

"屈原名'平'，字'原'；自己又说名'正则'，字'灵均'。他是楚国王室贵族。楚怀王时，屈原担任左徒，这个官儿只比宰相小一点儿。他还当过三闾（lǘ）大夫，那是掌管宗族事务的官儿。

"屈原见多识广，目光远大，口头笔头都来得。楚怀王非常信任他，有了国家大事总找他来商量，还让他草拟法令。此外，接待外宾，办理外交，也都仰仗着他。

"有个上官大夫，官位跟屈原差不多。见屈原这么受重用，心里挺不是滋味。屈原奉命制定宪法，草稿已经打好了；上官大夫看了，鸡蛋里挑骨头，非要改动不可，屈原当然不同意啦。这下子上官大夫醋劲儿大发，跑到楚怀王跟前说：大王命令屈原制定法令，他嚷嚷得满世界都知道了，还当众夸口说：除了我，谁还能干这个差使！您看他眼里还有大王吗？怀王听了，果然很不高兴，从此对屈原冷淡了许多。后来找个由头，把他放逐到汉北。

"那个时候，战国七雄之一的秦国野心勃勃，总想称霸。可楚、齐两个大国结为联盟，成了秦国称霸的障碍。秦国便来了个'各个击破'的招数。

"秦派使者张仪对楚王说：秦国恨齐国恨得牙根痒

清人陈洪绶画屈原像

痒，可是碍着您的面子不好攻打它。假若您跟齐国断交，秦国愿意拿六百里土地献给您！糊涂贪心的楚怀王竟满口答应下来。

"等怀王跟齐国断绝关系，派人向秦索要土地，张仪翻脸说：我什么时候说过给六百里？我只说是六里！怀王大怒，派兵攻打秦国，结果损兵折将，搞得元气大伤。

"楚怀王这时才想起屈原，把他从汉北召回，派他出使齐国。秦国又使出新花招，提出要跟楚国结亲，并邀请楚怀王到秦国去。屈原坚决反对；可怀王的小儿子子兰是个'亲秦派'，千方百计鼓动爹爹前往。怀王听信子兰的话，可这一去却再也没能回来，最终客死秦国。

"怀王的长子顷襄王继位，让子兰当令尹。子兰勾结上官大夫，又在哥哥跟前说屈原的坏话，于是屈原第二次遭流放，这一回的流放地是江南。"

端午节的由来

眼见秦国的军队一天天逼近，自己的祖国却被一群小人糟蹋得不成样子，屈原的内心痛苦极了！他脸色难看、骨瘦如柴、披头散发的，沿着江边一路走一路念念有词。有位渔父看见了问：您不是三闾大夫吗？怎么落到这个地步？

屈原回答：整个世界都是污浊的，只有我一个清清白白；所有的人都烂醉如泥，只有我一个头脑清醒。就因为这个，我才遭到流放啊！

渔父说：圣人应当随机应变才对。整个世界污浊，您干吗不随波逐流呢？大家都醉倒了，您何不也吃点儿酒糟、喝杯水酒？您的才能与品德就像美玉，怎么最终却遭到流放呢？

屈原答道：刚洗过澡的人，总要弹弹帽子、抖抖衣裳，谁又乐意让干干净净的身体受污染？——这渔父是位隐居高人，听了屈原的话，莞尔一笑，一边摇船，一边唱道："沧浪之水清兮，可以濯吾缨。沧浪之水浊兮，可以濯吾足！"〔濯（zhuó）：洗。缨：系帽子的带子。〕那意思是：人要适应环境，水清就洗洗帽缨，水浊就洗洗脚嘛！

然而，屈原可不是随波逐流的人，他宁愿跳进这大江，葬身鱼腹，也不愿让世俗的污秽沾染清白的躯体！于是屈原写下绝笔诗《怀沙》，然后怀抱一块大石头，跳进了汨（mì）罗江……我们

龙舟竞渡

从屈原的《渔父》《怀沙》等诗文中，还能了解他的心路历程。

传说屈原死的那天是农历五月初五。楚国的百姓们敬爱这位爱国诗人，都飞快地划着船去救他。他们还用苇叶裹了糯米投到江中祭奠他。——后世把这一天定为端午节，划船营救的活动也演变成赛龙舟，苇叶裹着糯米当然就是咱们今天吃的粽子啦！

《离骚》：长歌一曲诉悲愁

屈原的诗篇都收在《楚辞》一书中。——"楚辞"本是流传在江淮一带的楚地歌谣，屈原学着它的曲调创作出《离骚》《九歌》等诗篇，华夏诗坛从此增添了一种优美的诗歌形式。

楚辞作品一般篇幅较长，每句字数多寡不一，句中句尾多用"兮"字协调音节，例如"帝子降兮北渚，目眇眇兮愁予"（《九歌·湘夫人》），这是"兮"在句中的例子；再如"带长铗之陆离兮，冠切云之崔嵬"（《九章·涉江》），这是"兮"在句尾的例子。——比起北方规整的四言体诗歌，楚辞的形式显

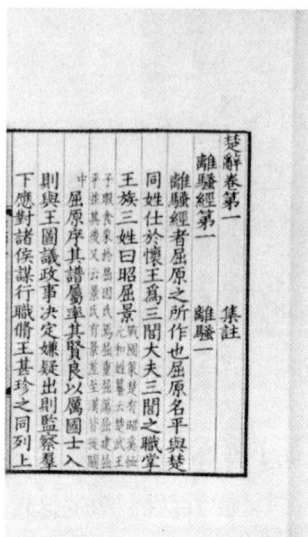

《楚辞》书影

然活泼了许多。

有屈原带头，宋玉、唐勒、景差等楚国诗人也都跟着写起楚辞来。到了西汉，学者刘向把收集到的楚辞作品编成一书，就拿《楚辞》做了书名。集子里收入的屈原作品最多，有二十五篇，除了《离骚》，还有《九章》《九歌》《天问》《招魂》等。其中最杰出的篇章，当然要数《离骚》啦。

"离骚"又是啥意思呢？有人说，"离骚"就是"牢骚"。也有人说，"离"有遭遇的意思，"骚"即忧；"离骚"就是遭遇忧患所唱的歌。——不错，《离骚》是一首悲歌，是屈原流放汉北时所作。诗的开篇自报家门说：

帝高阳之苗裔兮，朕皇考曰伯庸。

摄提贞于孟陬（zōu）兮，惟庚寅吾以降。

皇览揆（kuí）余初度兮，肇（zhào）锡余以嘉名。

名余曰"正则"兮，字余曰"灵均"。

…………

这几句是说：我是高阳大帝颛顼的远孙，我的爹爹叫伯庸。我生于寅年正月（"摄提"是寅年，"孟陬"是正月），是在庚寅那天降生。爹爹端详我初生的模样，赐给我美好的名字，我的大名叫"正则"，我的表字叫"灵均"。

这是屈原自述家世呢。他出身楚国王族，自感对国家有着天然的责任；可是让他想不到的是，自己的一片赤心，换来的竟是君王的猜忌、小人的排挤！他只能长叹拭泪，哀伤人生的艰辛了（"长太息以掩涕兮，哀民生之多艰"）。

他不明白：为啥我洁身自好、立身纯正，可早上刚进了忠言，黄昏就被赶出朝堂？——然而他又有着楚人的犟脾气，发誓说："亦余心之所善兮，虽九死其犹未悔！"一旦认定了目标，就是为此死上九回，也绝不后悔！

长路曼曼，上下求索

《离骚》的前一半，仿佛是诗人的自传。诗中出现的君王啊小人啊，也都是现实中的人物。诗人的姐姐女嬃（xū）也在诗中露面，她劝弟弟：咱们的老祖宗鲧（Gǔn）就因秉性刚直，最终死在羽山之野。人人都喜欢蒺藜恶草，你又何必独善其身呢？

连姐姐都不能理解自己，诗人的失落，可想而知！他离开京城，远渡沅湘，来到洞庭湖，向圣君大舜倾吐心中的积郁。可他滔滔不绝地讲了半晌，大舜却默默无语。

无奈他又向更远处寻觅，乘着凤车来到万里之外的昆仑。"路曼曼其修远兮，我将上下而求索！"路再远，磨难再多，也挡不住诗人寻求真理的决心啊！

在昆仑山下的咸池饮过马，把车子拴在扶桑树上——这儿本是太阳的栖息地，天上的十个太阳每天要来咸池洗澡，然后到扶桑树上歇息。

诗人折下树枝，拂拭着太阳。经过一番休整，他再度出发。——瞧吧，月神望舒在前面开道，风神飞廉在后面跟随，凤鸟在四周翱翔警戒，雷神却还没做好准备！……一时间鸾凤飞舞、云霓缭绕，忽聚忽散、闪闪烁烁，簇拥着诗人直抵天帝的宫阙！

不料天宫的守门人倚着宫门，对他不理不睬；这让诗人大失所望。眼见天色渐暗，他只好选择离去。

或许洛水女神宓（Fú）妃能理解自己吧？可这位女神根本没把他看在眼里。诗人还想去拜望有娀氏的美女，又盘算着迎娶有虞氏的两位姑娘——然而这些美人也全都叫他失望……

陷入迷惘的诗人找到了神巫灵氛。灵氛说：天涯何处无芳草，你何必恋着故土呢（"何所独无芳草兮，尔何怀乎故宇"）？另一位神巫（巫咸）也劝他趁着年富力强，到远方去寻找机会。

诗人终于下了决心。他重整车马，渡流沙，沿赤水，经不周山直奔西海。——看那阵势：前有九龙驾车，后有千车跟

山东微山两城镇祠堂画像砖，画面上是一棵扶桑树，树上众鸟当为太阳。左下方射箭者为羿，右下方拴着马。射日和拴马都有令太阳缓行、时光永驻的意思

随；云旗飘飘，韶乐高奏……然而一低头，从云端瞥见故乡，他的心一下子融化了；车夫也露出悲戚的神色，连骏马也徘徊不前——就在这一刻，诗人心意已决：

> 乱曰：已矣哉！国无人莫我知兮，又何怀乎故都？既莫足与为美政兮，吾将从彭咸之所居！

诗的尾章唱道：算了吧！朝廷没人理解我，我干吗还要怀念故都？君王不值得我辅佐，美政理想难以实现，我还是效法彭咸，投身清波吧！——他决定以一死来殉自己的祖国和理想！

香草美人，譬喻君臣

善用比兴是《离骚》的一大特点。屈原在诗篇中创造了幽美的意境，用奇花异草来打比方。这样的诗句在《离骚》中随处可见，如：

> 扈江蓠与辟芷兮，纫秋兰以为佩。（用江蓠和芷草披在肩上啊，把秋兰佩戴在腰间连缀成纹。）
> 朝搴（qiān）阰之木兰兮，夕揽洲之宿莽。（清晨攀折小山上的木兰啊，黄昏采摘水边的香草。）
> 制芰（jì）荷以为衣兮，集芙蓉以为裳。（把菱叶做成衣衫啊，用荷花编织成裙裳。）
> …………

别以为屈原真的每天攀花拈草，他这是用生长在南国的香花幽草，象征个人高洁的品德呐！——读者此刻仿佛真的闻到幽幽的花香，见到斑斓的色彩，而屈原就在那片美丽的花圃中站着呢！

篇中还出现了美女的形象，那也不是真的指美女，而是楚怀王的象征。篇中的香草呢，则是用来比喻贤臣。——在后世诗歌中，"香草美人"便成了约定俗成的政治譬喻。

《离骚》的神异色彩更令人陶醉，读读这一段：

朝发轫于苍梧兮，夕余至乎县（xuán）圃；
欲少留此灵琐兮，日忽忽其将暮。
吾令羲和弭（mǐ）节兮，望崦嵫（Yānzī）而勿迫。
路曼曼其修远兮，吾将上下而求索。

…………

诗人驰骋想象，神游天下，乘玉龙、驾凤车，早上从苍梧山出发，黄昏便到了万里之外的昆仑悬圃。本想在仙境逗留一会儿，又见太阳已经西垂。于是命令日神的御者羲和紧拉缰绳，别让太阳走得太快。——路还长着呢，待我上天入地，四处寻求！

有的学者说，诸子百家中应该单立一家"神仙家"，诗人就是这一家的代表！不错，屈原生活的楚国还保存着氏族社会的遗风，那里民风强悍，鬼神迷信盛行。《离骚》中弥漫着浪漫神异的色彩，便应与此有关。

屈原感情丰富又才华横溢，他的笔一拿起来就停不下。《离骚》共有三百七十多句，将近两千五百字。篇幅之长，在华夏古代诗坛上拔了头筹!

《国殇》一曲悼忠魂

屈原的另一部作品《九歌》，神仙气息更浓。有人说那是屈原流放江南时所作，是从民间祭神歌曲中得到的启发。

说是"九歌"，其实有十一篇。第一篇《东皇太一》是楚人献给最尊贵的天神的祭歌。以下的《云中君》是祭祀云神的。《湘君》和《湘夫人》是祭祀湘水之神的。《大司命》是祭祀掌管人类寿命之神的。《少司命》呢，是祭祀主宰儿童命运之神的。《东君》是祭祀太阳神的。《河伯》是祭祀黄河之神的。《山鬼》是祭祀山神的。第十篇《国殇》是祭奠为国捐躯的将士们的。第十一篇《礼魂》则是送神曲。

云中君

学者研究说，《九歌》里的一些篇章其实是吟咏爱情的，像湘君和湘夫人，就是一对情侣。他们在水边你等我、我等你的，相互依恋，情意缠绵。他们更像是一对人间的姑娘、小伙儿，一点儿不像什么神仙异类！

至于《国殇》，那是祭祀战死将士的歌。全曲威武雄壮，展现了战士们的必死决心。——"操吴戈兮被犀甲，车错毂兮短兵接；旌蔽日兮敌若云，矢交坠兮士争先"〔吴戈、犀甲：精良的武器和铠甲。毂（gǔ）：车轴〕。诗一开头，就展示了一个凶险的战斗场面：两军交战，战士们身披坚甲，手持利刃，短兵相接。战车相互碰撞，敌人云雾般涌来；战旗多得遮暗了太阳，空中乱箭如雨，可战士们只知道勇敢地向前冲！他们早就做好了为国捐躯的准备：

《国殇》成为祭奠中华民族英雄的庄严悲歌，云南腾冲的抗日烈士陵园即以"国殇"命名，这是园中的警钟亭

> 出不入兮往不反，
> 平原忽兮路超远。
> 带长剑兮挟秦弓，
> 身首离兮心不惩！
> ⋯⋯⋯⋯⋯

出发时就没打算回来，又何惧原野茫茫、征途遥远。我们挎着长剑，携着硬弓，即使掉了脑袋，也绝不悔恨！诗的最后两句尤为感

人："身既死兮神以灵，魂魄毅兮为鬼雄！"肉体死了，精神永在；做鬼，也要做鬼中的英雄！——楚人对祖国的热爱，楚地民风的强悍，诗人对为国捐躯者的崇敬爱戴，全从诗中显现出来！

《九歌》之外，还有《九章》。那本是九篇较短的诗篇，包括《惜诵》《涉江》《哀郢》《抽思》《怀沙》《思美人》《惜往日》《橘颂》《悲回风》，大都作于流放之中，思想感情跟《离骚》接近。

屈原楚辞中还有一篇《天问》，是很特别的一篇。诗以四字为一句，两句或四句为一组，一口气提出一百七十几个问题，内容涉及天文地理、人神万象……

说到天文，他发问："天何所沓？十二焉分？日月安属？列星安陈？……"天地在哪儿相合？十二区如何划分？日月都附在什么上面？群星又是怎么排列的？……

此外，对于神话、历史、自然现象，他都大胆提出疑问。——关于"昆仑县圃"的追问，也出在这篇《天问》中。

此外，还有一篇《招魂》，据说是屈原为楚怀王招魂而作；

明人沈藻书写的《橘颂》

但也有人说作者是宋玉——宋玉也是重要的楚辞作家，相传他还是屈原的弟子。

宋玉：悲秋题材的鼻祖

"宋玉出身寒微，在仕途上很不得志。于是把精力投入到辞赋创作上。"接着屈原，爷爷再说两句宋玉，"宋玉的辞赋代表作是《九辩》，那是一篇感情真挚的长篇抒情诗，共二百五十多句，抒发了诗人政治上的不得志和生活上的穷困，同时也表白了自己的正直、不肯同流合污，显然是受了《离骚》的影响。

"不过《九辩》在借景抒情方面又有发展。例如一开头就这样写：

悲哉秋之为气也！萧瑟兮草木摇落而变衰。

憭慄（liǎolì）兮若在远行，登山临水兮送将归。

这是说：秋天的气候真令人感伤啊！草木凋零一片萧瑟。心境凄凉（憭慄）如同在他乡作客，又像是登山临水、送人还乡。——以下诗人又描写秋天的天空和水面，烘染出一种凄凉萧索的景象，让人还没接触到诗人内心，却先从环境里感受到忧伤的气氛。

"应当说，宋玉是头一位写'悲秋'题材的诗人。他这么一开头，以后的诗人也都跟着效法，'悲秋'也就成了中国诗歌的传统题材。

"宋玉的另一件功劳，是从楚辞中演变出'赋'的体裁来。

《风赋》《高唐赋》《神女赋》，全是他的作品。《风赋》挺有意思，作者把大自然的风分为两种，一种是专给君王送凉爽的'大王之雄风'；另一种呢，是只在穷街陋巷穿来钻去的'庶人之雌风'。这不是明摆着奉承君主吗？

"其实，作者是有意用君王的奢侈生活，跟老百姓的贫困日子做对照呢！——表面上铺写得有声有色，骨子里却隐含着巧妙辛辣的讥讽，这在日后，成了赋体的一大特色。

"'赋'字本身有铺陈的意思。譬如宋玉《风赋》里单是描摹'大王之雄风'，就用了三四十个句子，可谓淋漓尽致，不留余韵！到了汉代，赋成为文学的正宗；而宋玉呢，正处在楚辞与汉赋交替的路口上，他要算是战国与秦汉间承上启下的文学家啦。"

沛沛问："我看一部小说里夸赞一个人有才华，说他'才过屈宋'，是不是跟屈原、宋玉有关啊？"

爷爷回答："正是如此。尤其是屈原，他可算得上是中国第一位有名有姓的大诗人了。《离骚》是楚辞的巅峰之作，楚辞也因此被称为'骚体'。人们还把《诗经》的'国风'与《离骚》合称'风骚'，成了文学的代称；赞美有才华的诗人，总说他'独领风骚'；就连诗人，也干脆称作'骚人'了。因此说，把屈原尊为中国的诗神，一点儿也不为过呢！"

第 9 天

秦文与汉赋

"打工皇帝"李斯

　　下过一场雨，大槐树的枝叶更茂密了。大槐树下的夜谈，不知不觉已进行了九天。对于先秦文学，沛沛再也不是一无所知了。可秦汉大一统之后，文学又是怎样的？沛沛急着想听下文。

　　"秦代是中国历史上头一个大一统的封建帝国。可是说起来可怜，它总共才维持了十四年就垮了台。接替而来的汉朝却国运久长，西汉、东汉加起来足有四百年。

　　"秦始皇是个气魄很大而又十分残暴的君主。他怕百姓造反，便把天下兵器都搜缴来，打成十二个'金人'，立在渭水岸边。

　　"他还下令烧掉天下的'杂书'，只留下法律及种植的书籍，并杀死四百多位不肯合作的文化人——这就是中国历史上著名的"焚书坑儒"事件。由于秦朝立国时间短，整个秦代没有什么像样的文学。秦始皇的丞相李斯（约前284—前208）要算硕果仅存的一位文学家了。

　　"在秦朝大一统的事业里，李斯立了不少功劳。秦统一之前，七国的文字书写各有出入，李斯对此进行整理，创立了秦篆。不过身为高官，李斯写的多半是奏议、诏令、碑石等官样文章；倒是他没当官儿时写的《谏逐客书》，是一篇难得的散文佳作。

"李斯曾跟韩非一块儿在荀子那儿求学，学成后一个人跑到秦国去找饭碗——那还是秦国统一中国之前的事。不久，秦国政府发现外来的谋士中混夹着奸细，于是下了一道'逐客令'，要把所有的外乡人统统赶出秦国。李斯得到消息，连夜给秦王写了这封《谏逐客书》。

李斯小篆

"李斯在书信中指出：秦国之所以富强起来，全靠着广招人才、重用客卿。秦国的珠宝、美女、骏马、音乐，都能取各国之长，干吗单单在人才上排外呢？把外籍人才赶走，等于向敌国提供援助，实在划不来。

"秦王听了，恍然大悟，马上撤销'逐客令'，并重用李斯。李斯这个外籍客卿最后做到丞相，堪称秦朝的'打工皇帝'！

"《谏逐客书》说：'泰山不让土壤，故能成其大；河海不择细流，故能就其深；王者不却众庶，故能明其德。'这几句成了后人传诵的至理名言。

"秦始皇死后，李斯在跟宦官赵高的斗争中落败。他一生贪图禄位，祸到临头才有所醒悟。上刑场时，他对同处死刑的儿子说：'吾欲与汝复牵黄犬、臂苍鹰，出上蔡东门逐狡兔，其可得乎？'——事到如今，咱爷儿俩再想牵着黄狗、架着猎鹰，出上蔡东门去打猎追兔子，还做得到吗？

这几句遗言，真是五味杂陈啊！"

贾谊《过秦论》：为秦王朝覆亡把脉

这就要说到汉代文学了。照传统的说法，汉代的文学形式以赋为主。其实，汉代的历史散文和乐府诗歌成就也不低。先来看看那位才高寿短的散文家贾谊吧。

贾谊（前200—前168）是秦汉时人，出生于洛阳，曾师从于荀子的弟子张苍，韩非、李斯要算他的"师叔"了。

贾谊生而聪颖，少年得意，二十出头儿就当上皇家博士，那是个位置很高的学术职衔。因为他学识广博，见解超卓，人们都不敢小看他。汉文帝对他也格外垂青，相传曾在宣室召见他，两人谈得十分投机，以至于文帝把座席往前挪了又挪。——当时的许多法令、制度也都出自贾谊之手。

眼看贾谊的官职一升再升，就要升到公卿了，一些老臣不服气，开始在文帝耳边吹风：洛阳来的那小子乳臭未干，就想把持大权、扰乱朝纲，这还得了！你一言我一语的，把文帝说动了。从此，贾谊的建议不再受到重视。又过了一阵子，他被派去给长沙王做老师。

贾谊闷闷不乐地在长沙混了三年。后来文帝改了主意，又召贾谊给梁怀王当老师。梁怀王是文帝最心疼的小儿子，给他当老师，本是吉兆。可没承想这位梁怀王偏偏在骑马时摔死了。贾谊觉得自己这个老师没尽责，心里难过，想起来就哭。一年以后，便抑郁而死，只活了三十三岁。

贾谊一生短暂，却留下不少好文章。其中最著名的，要数《过秦论》——"过秦"就是数说秦朝过失的意思。文章分上中下三篇，上篇写得最为出色。

文章要数说秦的过失，却先从秦的强大说起，写秦强大，又先强调六国的强盛。可是六国尽管有高明的谋士、善战的将军、十倍于秦的土地、上百万的军队，却始终没能战胜秦。秦的强盛，自不用说。

秦始皇统一中国后，更是有恃无恐，自以为"子孙帝王万世之业"——可陈涉不过是个戍边小卒，在乡间小道上振臂一呼，竟掀翻了"金城千里"的秦政权，这到底为什么呢？

直到文章的最后一句，作者才揭出答案："仁义不施，而攻守之势异也！"——过去秦国处于攻势，可以凭借武力取胜；现在由攻转守，却不改变统治方法，一味地强横暴虐、不施仁政，不亡国又等什么？

湖南长沙贾谊故居

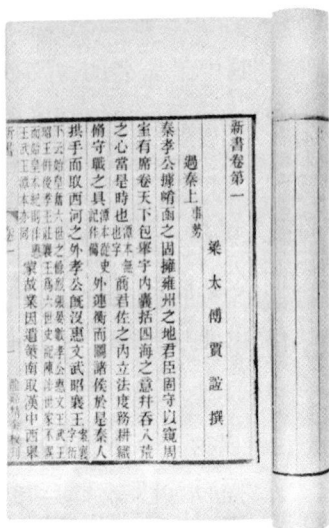

贾谊《新书》书影

贾谊写文章十分讲究章法，全文的中心只是这最后一句话，前面却用了九十九分的力气层层论说、步步紧逼。仿佛爬山，一步步爬到绝高处，再猛然一跌，给人以强烈的印象。我们读他的文章，只觉得才气纵横，禁不住要拍案叫绝！

贾谊还有一篇《治安策》，同样说理透辟、文情并茂。此外，他还有几篇赋，如《吊屈原赋》《鵩（fú）鸟赋》等。

《吊屈原赋》是贾谊前往长沙路经湘水时写的。他借着凭吊屈原，发泄一肚皮牢骚，调子十分低沉。由于贾谊跟屈原有着相似的遭遇，司马迁写《史记》时，将两人写入同一篇传记，即《屈原贾谊列传》。后人也常常把两人并提，称为"屈贾"。

贾谊的时代，汉赋还没有形成。贾谊的几篇"赋"虽然用了赋的名目，却都没有摆脱骚体的形式，只是有一点儿汉赋的苗头罢了。真正为汉赋奠基的，是枚乘的《七发》。

枚乘《七发》，汉赋鼻祖

枚乘（？—约前140）本来在吴王刘濞（bì）手下做官，他发觉吴王要造反，又不听劝谏，于是改投梁孝王。后来吴王造反被杀，枚乘因有先见之明而出了名。可是他不愿当官受约束，宁愿在梁王手下搞搞文学。汉武帝即位后，派专车去接他，这时枚乘已老，经不起路途风霜，死在半路。

枚乘的《七发》是标志汉赋形成的头一篇作品。文章写楚太子久病在床，一位吴客前去探视，他认为太子的病是"久耽安乐，日夜无极"造成的。他说：那些"贵人之子"住在深宫，行动有人照料，吃得太肥腻，穿得太暖和，就是金石之躯也要熔化掉！这病怎么才能治愈呢？吴客说，根本不用吃药针灸，凭着他的一席谈话，就能让病除根儿！

开头，吴客先请太子去欣赏动听的音乐，又请他去尝美味菜肴；太子只是说：我病得厉害，起不来啊！渐渐地，吴客又谈到打猎。他让太子在想象中乘上铃车，驾着骏马，带着利箭名弓，在川泽间奔驰——清风徐徐，原野里弥漫着春天的气息；一旦发现猎物，就放出猎犬、纵马急追，直至跑到密林里，裸身跟野兽格斗；最后大家在草地上举杯欢饮、呼声震耳……太子被这活灵活现的描绘打动了，眉宇间显出生气，病也有了起色。

吴客接着又绘声绘色描画了曲江观涛的场面，用百十个句子形容江涛汹涌的声势情态——江涛初来的时候，水雾飘洒，像是成群的白鹭在飞翔；潮头渐渐推进，水大浪白，就像白马驾着白色的车子，张起白色的帷盖；待波涛涌起，与云相连，纷纷扰扰就像三军装备整齐、奔腾向前；潮头横作，高高扬起，又像主帅驾着轻车，居高临下指挥他的百万大军……

最后，吴客要太子跟有道行的哲人"论天下之精微，理万物之是非"。太子听到这儿，撑着几案爬起身，出了一身汗，病

《七发》："若白鹭之下翔……如素车白马帷盖之张……"

顿时好了！

这位吴客称得上是世界上最早的心理医生了！他善于用语言打动病人，娓娓谈来，绘形绘色，由静到动，由感观到精神，对病人做诱导式的治疗。全赋结构宏阔，气象万千，在反复问答中，又富于穿插变化，毫不呆板。它不但标志着散体大赋的形成，也堪称汉赋中的精品。

《七发》共八段，头一段由吴客指出病因，算是序曲，以下七段从七个方面入手，打动启发太子，因此叫"七发"。——由于它的影响，后来又陆续出现《七激》《七辩》《七释》《七启》《七征》《七命》等模仿作品；于是在赋中形成一个专体，称"七体"或"七林"。

司马相如：才子刷盘子

最典型的西汉大赋，还要说司马相如的《子虚赋》和《上林赋》。

司马相如（约前179—前118）是位大才子。他曾经跟枚乘交往，一同在梁孝王手下当文学侍从，并写下了著名的《子虚赋》。梁孝王死后，司马相如回到成都老家，日子过得很艰难。临邛（qióng）县令跟相如是好朋友，请他到临邛来做客。

临邛有个大富翁叫卓王孙，家里光奴仆就有八百多。他请相如到家中吃酒。席间，相如一边饮酒，一边弹琴，很是潇洒。卓王孙有个女儿叫文君，刚刚死了丈夫。她听见琴声，又见相如一表人才，心生爱慕。相如呢，也一眼看上了文君，故意卖弄本领，琴弹得格外动听。两颗心就在琴声中合到一处。

到了夜间，卓文君悄悄来找相如，两人一合计，"三十六计，走为上"，便连夜双双跑回成都去了。——那个时代，不兴自由恋爱，女儿跟人私奔，卓王孙感到丢了脸，发毒誓说：女儿我不忍杀，可她别想从我这儿得到一文钱！——相如自己本来穷得叮当响，再添上文君一张嘴，日子更艰难了。

亏得文君有主意。她跟相如再回临邛，在闹市中开了一家小酒店。文君亲自卖酒，相如则穿着犊鼻裈（一种劳动者穿的短裤。裈，kūn），刷碟子洗碗，干得很带劲儿！这下子卓王孙可坐不住了：女儿女婿竟操起这种下贱的职业，让当爹的老脸往哪儿搁？没办法，他只好拿出百万钱财，又拨了百名奴仆给文君。相如两口子这才高高兴兴回成都去。

《子虚》《上林》，汉赋高峰

过了些时候，汉武帝偶然读到相如的《子虚赋》，非常欣赏，叹气说：可惜我见不到这位老前辈！武帝身边有个管猎狗的小官儿刚好是蜀人，对武帝说：这作赋的是我的同乡，听说这个人还健在。武帝大喜，马上派人请相如到长安，当面奖赏他，还留他在身边做官。相如于是又写下《上林赋》——另有说法，《子虚赋》《上林赋》原本是一篇赋，收入《文选》时被一分为二。

《子虚赋》虚构了两个人物，一位叫"子虚"，一位叫"乌有"。子虚先生是楚国人，他出使到齐国，在齐人乌有先生面前夸说楚国的云梦泽如何广大、物产多么丰美，又夸耀楚王出猎的场面何等隆盛。

那位乌有先生反驳说：你不称颂楚王的德行，反倒把什么云梦泽夸来夸去，还把射猎游乐这种奢侈的事吹得天花乱坠，你说的若是真话，这简直是给楚王抹黑；若是假话，你老先生的品行可就成问题啦！——乌有先生把子虚先生评判了一通，他自己也同样犯了子虚的毛病，把齐国的疆域之广、物产之富大大夸耀了一番，意在压倒子虚。

《上林赋》是《子虚赋》的姊妹篇。它写"亡是公"听了子虚、乌有的对话，批评两人不谈"君臣之义""诸侯之礼"，却在"游猎之乐""苑囿之大"上争论不休，这只能损坏两国君主的名誉。可是词锋一转，亡是公也夸耀起来：你们都没见过真正的宏伟壮丽，还是让我说说大汉天子的上林苑吧！

接着，作者用了大量笔墨来夸说上林苑的富贵壮丽和天子射猎的空前盛况。司马相如几乎用尽一切形容词。熟典用完了，又挖掘各种生僻的字眼儿，极力摹写铺张，制造宏伟壮观、气势磅礴的效果。

明人仇英绘《子虚上林图》（局部）

《上林赋》的结尾，写汉天子幡然悔悟，感到实在太奢侈了，"乃解酒罢猎"，命令把苑囿开垦为农田，于是乎"天下大悦"。全篇洋洋数千言，只有在最后一节里才露出一点儿讽喻劝诫的意思。因为这，有人批评它是"劝百而讽一"——欣赏、赞美的话说了一大车，最后点缀一点儿正面的讽诫，实在很难收到讽谏的效果。相如赋中极力铺陈夸饰的风格，跟汉代这个空前大一统王朝的宏阔气势正相符合。可以说，《子虚赋》《上林赋》二赋是时代的产物，又是汉赋的定型之作。

此外，司马相如的作品还有《长门赋》《大人赋》等。——《长门赋》据说是受陈皇后之托所作。陈皇后即陈阿娇，原是汉武帝的表妹。相传武帝小时候很喜欢阿娇，说我将来要娶她为妻，造一座"金屋"让她住——"金屋藏娇"这典故就是这么来的。

后来阿娇果然成了武帝的皇后，但又因失宠而贬居长门宫。她于是委托相如写赋，想劝说武帝回心转意。相如还因此得了一笔可观的"润笔"（稿费）。而"千金买赋"的典故，指的便是这个。

司马相如还有一些散文，像《喻巴蜀檄》《难蜀父老》等，是他奉命出使西南时写的，对沟通汉朝与西南少数民族，起了一定的作用。

东方朔、扬雄也是辞赋家

司马相如之后，还有几位辞赋名家。如东方朔、扬雄等。东方朔（前154—前93）见多识广，性格诙谐。头一回给皇帝上书，他一气写满三千片奏牍（dú），用了两个人才勉强抬得动，皇上读了两个月才读完。

可是他空有才学，却得不到重用，只是陪武帝聊聊天、说说笑话罢了。他很会看人脸色，有时乘皇上高兴，也提一些劝谏，可武帝始终把他看作供人取乐的戏子，并不认真对待。东方朔内心痛苦，就常常借酒装疯，做出些古怪举动，还声称：隐士何必到深山里隐居，我就是这宫殿里的隐士！

文如其人，东方朔的文章也跟他的为人一样，含讥带讽。《答客难》就是这么一篇，开篇先假托有位客人向东方朔发难说：人家苏秦、张仪当上了卿相，您老先生天天读圣贤书，嘴唇磨破了，牙齿也脱落了，怎么几十年的工夫才混个侍郎呀？

东方朔回答：彼一时也，此一时也。苏秦、张仪的时代，天下大乱，英雄不难找到用武之地。现在"天下平均，合为一家"，用不着贤人了；有才的，没才的，还不都是一个样儿！用谁谁就是老虎，不用谁谁就是老鼠。苏秦、张仪活到今天，没准顶多当个管档案的小吏，还赶不上我呢！

接下去，东方朔又冷一阵热一阵的，为自己的处境做辩解，既是抒泄不满，又在自我解嘲。——这种解嘲之作，对后世影响不小。扬雄有一篇《解嘲》，就是模仿《答客难》写成的。

扬雄（前53—18）也是位辞赋家，又是位大学者。他有口吃的毛病，不善言谈，终日闭门深思，可写起文章来，却下笔千言，十分流畅。在辞赋方面，他最佩服司马相如，他的《甘泉赋》《羽猎赋》二赋，就是模仿《子虚赋》《上林赋》写成的。

《甘泉赋》用大量篇幅铺写甘泉宫的壮丽辉煌。甘泉宫本是秦代离宫，汉武帝又在此基础上增建了许多宫殿，穷极奢华。汉成帝继续在这里享受奢靡的生活。扬雄打算有所劝谏，话又不知从何说起，只好在《甘泉赋》中夸张宫殿的峥嵘华美，甚至比作天上宫阙，以此警诫成帝。——然而让人读了，倒像是为帝王的豪奢生活"点赞""加油"！

扬雄的文笔在当时首屈一指，人们把他跟司马相如相提并论，合称"扬马"。可是到了晚年，他的看法起了变化，认为赋不过是"雕虫小技"，是小文人捣鼓的玩意儿，"壮夫不为"。——"劝百而讽一"的评语，也是他提的。此外，扬雄散文写得也很漂亮，唐代大文豪韩愈就很佩服他呢！

东汉文学家班固、张衡、王充

沛沛问爷爷："《诗经》六义中有'赋'，荀子和宋玉也写过

'赋'，今天又讲到汉赋，我有点儿闹不清了。"

爷爷说："是有点儿乱。《诗经》六义中的'赋'是指一种平铺直叙的写作手法；到了荀子、宋玉的手中，'赋'才成为文体名称。

"作为文体的赋，脱胎于楚辞，是韵文与散文的综合。内容以'体物'为主，重在描山摹水，夸饰帝王的宫苑，罗列各种动物植物……铺陈夸饰是赋的风格特点，本来一句话能说清的事，偏要讲上十几句、几十句，如《七发》中楚客形容钱塘潮，一口气就讲了一百多句！此外，辞藻华美、讲究对偶及用韵，也都是赋的特征。

"早期的赋还带有楚辞的特征，因称'骚赋'；到了西汉，散体'大赋'形成，赋成为汉代文学的代表文体。以后又有六朝的'骈赋'、唐代的'律赋'、宋代的'文赋'……总之，赋的形式不断变化，确实不好把握。"

沛沛听了连连点头。不过看时间还早，他又提出新问题："您刚才讲的都是西汉作者，东汉的情形如何呢？"

爷爷说："东汉也有几位著名的辞赋家，班固（32—92）就是一位。——班家不简单：班固的父亲班彪和妹妹班昭都是著名文学家，弟弟班超更是能文能武，曾开拓西域，是出色的军事家兼外交家。班固自己则是史学家兼文学家，撰有史籍《汉书》，这里说说他的《两都赋》。

"西汉建都长安，到了东汉，首都改在洛阳。有一班老臣总希望把都城迁回长安去。班固却不这么看，他写了《两都赋》来表达自己的看法。赋中假托西都宾，向东都主人夸说西都长安的关山之险、宫苑之大、物产之盛。东都主人批评他在秦地住久了，眼光狭小，不知大汉开国奠基的根本。——班固的《两都赋》开创了汉赋铺写大都会的先例，后来张衡写《二京赋》，左思写《三都赋》，全都受它的启发。"

沛沛听到张衡这个名字，问："这个张衡，跟那位科学家张衡是同一个人吗？"

"没错，就是他。"爷爷回答，"张衡（78—139）堪称全才，不仅是文学家，更是杰出

《文选》第一篇即班固《两都赋》

的科学家，对天文、历法都有研究。他发明制造的浑天仪、地动仪，名扬世界。他的辞赋、诗歌也是一流的，代表作《二京赋》篇幅很大，都市里的商人、侠客、辩士乃至杂耍艺人等小人物，也都出现在赋中。

"不过并不是所有文人都对辞赋感兴趣。东汉人王充（27—约97）就批评当时的辞赋文学'华而不实，伪而不真'。——王充是位有独立思想的学者。他年轻时家里穷，便到书肆站着看书，读一遍，便都记住了。他家里到处放着刀笔，以便随时把自己的思想记录下来。他主张写文章要有实在内容，文字要通俗易晓，反对模拟，提倡创新。这些都说中了当时文坛的病根儿。

"王充的《论衡》是著名的哲学著作，里面的观点论述精辟。例如他认为世上根本没有鬼。人活着，是因为有精气血脉，人死了，血脉枯竭，精气灭散，形体腐朽成灰，鬼又从何而来？这跟火和光的关系一样，火灭了，哪里还会有光呢？

"他还在《订鬼》一篇中解释说，之所以有人见到鬼，多半是因为身体患病、精神恍惚，'疑心生暗鬼'的缘故！——在今天看来，这些说法没啥了不起，可是在那个普遍迷信鬼神的时代，王充的思想如同一道闪电，照亮了夜空。

"单从文学上看，王充的文章写得很有个性，逻辑性强，语言生动，是很好的论说文字。"

第 **10** 天

司马迁与《史记》

司马迁开创了"纪传体"

爷爷掐着指头算了一下，说："咱们中国古代文坛上，姓司马的文人、学者有好几位呢……"

"您先别说，让我想想。——一位是您昨天提到的司马相如，还有一位是砸水缸救小朋友的司马光吧？还有，还有……"沛沛说不上来了。

爷爷笑了："说得不错。只是司马光是宋朝人，你漏掉的这位跟司马相如同时，是汉代史学家司马迁。他的那部了不起的《史记》，是'纪传体'史书的开山之作！

"这书最早其实叫《太史公书》，或干脆称《太史公》，这是因为司马迁官拜太史令，每当他在书中发议论时，总说'太史公曰'如何如何，书也由此得名。到了魏晋时，人们才把它称作《史记》。

"前边讲过的《左传》，属于'编年体'，是按时间顺序讲述历史，以记事为主。'纪传体'是以记人为主的，史书由一篇篇人物传记构成，每篇传记都是一朵浪花，共同汇聚成历史的洪流。"

沛沛问:"《史记》记述啥时的历史?"

爷爷答道:"不是某一朝的历史,而是从传说中的黄帝直到汉武帝,长达三千年的中国通史,总计五十多万字。全书分为一百三十篇,包括十二本纪、三十世家、七十列传以及十表、八书。

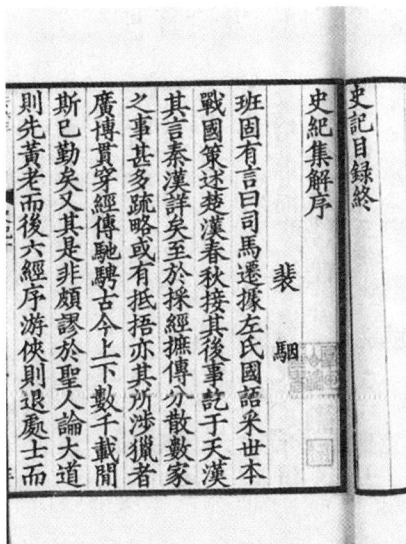

"'本纪'是记述帝王事迹的篇章,'世家'则记述诸侯的传承情况。'列传'是各类人物的传记——譬如司马迁十分佩服同姓的文学家司马相如,在《司马相如列传》中详细记录了传主的生平活动,还全文引录了他的八篇辞赋呢。至于'表',是按时间顺序编写的历史大事记,'书'则是记述典章制度沿革的专文。

"司马迁充分重视人的价值,把人当作历史主体来对待,这无疑是巨大的进步。《史记》以后的正史——连同《史记》共有二十四部,称'二十四史',也都以《史记》做样板,采用了'纪传体'的形式。司马迁的伟大,由此可见一斑!

"司马迁是历史学家,然而文笔十分了得。他善于用平实的语言讲说历史事实,娓娓道来,引人入胜。他笔下的史传文字也常被选入各种文学选本及学生教材,成为汉代散文的代表!"

《史记集解》书影

遭受冤屈，发愤著书

今天的陕西韩城有个叫龙门的地方，两千多年前，司马迁就出生在那儿。他的爹爹司马谈是朝廷上的太史令，那是个记录历史又兼管天文、历算、占卜的官儿，地位不高。司马迁自幼在家乡耕田放牛，后来便跟着爹爹到京城去读书。他很聪明，十岁时就能读通难懂的古文了。

二十岁以后，他又到各地游历，考察了大禹治水的遗迹，又到汨罗江边凭吊屈原，还在孔子的家乡瞻仰了孔子的居室和礼器。在淮阴，他搜集韩信的传说；在丰沛，他寻访萧何、樊哙等人的坟墓。几乎所有名山大川、古人遗迹，他都饶有兴趣地游历、探索一番。这不但使他收集了大批鲜活的历史资料，还大大开阔了他的胸襟，为日后写好《史记》，打下了深厚的基础。

他的爹爹司马谈曾立志写一部史书，把《春秋》以后发生的历史事件无一遗漏地记录下来。可书只写了一部分，司马谈便一病不起。临死前，他把书稿和资料交给儿子，千叮咛万嘱咐，要儿子一定完成这部大著作。司马迁含泪答应了，那一年他三十六岁。

司马迁

司马迁子承父业做了太史令。他如饥似渴地阅读皇家藏书及各国史料，沉浸在写作的兴奋之中。这样过了差不多十年，这部巨著已经有了大致模样。——可就在这时，一场飞来横祸，几乎断送了司马迁的性命！

原来，当时汉朝正跟匈奴作战。汉将李陵提兵五千到沙漠中追击匈奴，遭到匈奴八万大军的围困。李陵率部突围，杀敌万人，自己的部队也死伤过半。就那么坚持了八天，箭尽粮绝，救兵又不到，只好投降。

武帝闻讯大怒，朝廷中的大臣们也都顺着皇上的意思，纷纷说李陵的坏话。司马迁却另有见解。他说：李陵平日待人诚恳，带兵又很有一套。这回以少敌众，杀死不少敌人，不能说一点儿功劳没有。他虽然不得已投降了，保不齐将来还要找机会报效汉朝呢。

不想汉武帝听了，如同火上浇油。因为李陵此次失利，责任全在他的上司、贰师将军李广利指挥不当；可是李广利是汉武帝的大舅哥，司马迁为李陵开脱，不正暗示着李广利过失严重吗？汉武帝是个专横暴虐的君主，绝不能容忍这种指责！他暴跳如雷，下令把司马迁处以宫刑。

宫刑是一种极端污辱人格的残酷刑罚。司马迁受了宫刑，简直不想活下去了。可是他转念一想，自己一死倒容易，这部史书就没人来完成啦。为了这个伟大的目标，就是苦难再多，屈辱再大，也得咬着牙活下去！

从此，司马迁日夜发愤著书，前后用了十几年时光，终于完成了《史记》这部大部头的历史著作。

给开国皇帝"揭短儿"

由于司马迁自己受过委屈，他对历史上那些遭遇不幸的人也给予深切同情；在不少传记中，寄寓了深深的人生感慨。这使《史记》带上浓厚的感情色彩，跟一般冷静枯燥的历史记录大不相同。近代学者评价《史记》，称它是"无韵之《离骚》"，说的正是这个特点。

司马迁对待历史有着独立的见解和超越时代的眼光，不以当时人的爱憎为转移，更不阿顺统治者的意思。譬如刘邦是汉朝的开国皇帝，司马迁总该对他多一点儿尊敬吧？然而在《高祖本纪》里，司马迁把他年轻时游手好闲的无赖行径揭了个底儿掉，一点儿也不给这位开国皇帝留面子。

汉朝以"孝"治天下，皇帝的尊号都带个"孝"字，孝惠帝啊，孝文帝啊，孝武帝啊……可是刘邦这位开国皇帝做得又如何？他跟项羽争天下，被围在广武城。项羽久攻不下，便把刘邦的老爹刘太公捉来，在城下架起一口大锅，向刘邦喊话说：再不开城投降，我就把太公烹了！

汉画像砖：刘邦斩蛇起义

刘邦在城头怎么回答呢？他对项羽说：我跟你在楚王面前结为兄弟，我爹就是你爹。你一定要烹咱爹，别忘了分我一杯肉羹尝尝！——项羽听了，反倒没了脾气。刘太公也因此躲过一劫。

对待爹爹是这样，对待子女又如何？有一回刘邦吃了败仗，驾车逃走，眼看要被赶上，刘邦竟将车上的一儿一女推下车去，好让马跑得快点儿。部将夏侯婴不忍，停车把孩子抱上来。不久敌兵逼近，刘邦再次把儿女推下去。反复几回，夏侯婴说：虽说情势危急，可马也不能跑得再快，干吗非把孩子丢下？——两个可怜的孩子这才保住性命！

连爹娘、子女都不顾的人，能真心对待部下吗？所有人都是刘邦用来实现一己私利的工具。刘邦得天下后对功臣大开杀戒，也便不足为怪。

小人物也登上历史殿堂

相反，楚霸王项羽曾跟汉高祖刘邦争夺天下，兵败后自刎在乌江。司马迁并没有因此贬低他，还把他的传记列到级别最高的"本纪"里，把他描写成慷慨悲壮的英雄！

陈涉是位农民英雄，他出身微贱，不过是个小卒。可是他敢于向强大无比的秦王朝挑战，头一个站出来反抗暴秦。司马迁敬重他，把他的传记列在"世家"中，让他跟诸侯平起平坐。

对于像孔子、屈原那样的杰出人物，司马迁毫不吝惜他的赞颂之辞；而对一些被人看不起的小人物，他同样给予很高的评价。在《魏公子列传》里，司马迁就描写了两位平民义士。

魏公子信陵君是战国时著名的四公子之一。他出身魏国大贵族，门下养着三千食客。大梁有个看城门的老卒叫侯嬴，七十多岁了，家里穷得很。信陵君听说他是位贤者，就带了厚礼拜访他，侯嬴不肯接受，说：我几十年来修身养性、保守节操，总不能以看城门太穷为理由接受你的钱财吧！

信陵君不死心。他在府中大摆酒席，等贵客们都到齐了，他便驾了车子，特意到城门去接侯嬴。侯嬴也不客气，穿着那身破衣服，大大咧咧坐在车子上，听任信陵君为他驾车。

车行半道，侯嬴又借口下车看朋友，跟一位杀猪卖肉的聊个没完，信陵君却始终恭恭敬敬地在旁边等待，一点儿没露出不耐烦的神情。侯嬴终于受了感动，后来在危急时刻替信陵君出谋划策，干出惊天动地的大事。

魏安釐王二十年，秦军围困赵国都城邯郸。赵王向魏王求救，魏将晋鄙率十万魏军救赵，却因惧怕秦国，驻扎在边境上观望不前。赵国贵族平原君又向信陵君发来求救信——平原君是信陵君的姐夫，信陵君又哪能不理呢？可是他无权无兵，干着急没办法。

此刻侯嬴给他出主意：只要能盗出魏王手中的兵符，便能命令魏军火速进击了。——兵符是古代君王调兵的凭证，一剖两半，一半在朝廷，一半给将军，两者相合，才能调兵。

信陵君此前曾对魏王的宠妃如姬有恩，通过她，兵符很快就弄到了手。侯嬴又向信陵君推荐了勇士朱亥——就是他那位杀猪卖肉的朋友，让朱亥随同信陵君同到晋鄙军中。

晋鄙见到兵符，将信将疑，仍不肯发兵。信陵君一个眼色，朱亥抡起四十斤的大铁锤，将晋鄙当场打死。手握兵符的信陵君指挥魏军向秦军发起猛攻，秦军只好撤退，赵国也终于得救。

这一切的幕后策划者，竟是个"抱关小吏"；而当场立功的，是个地位微贱的市井屠户！司马迁写这两个小人物，本意是映衬信陵君能礼贤下士，可是从另一个侧面，也写出"市井小民"的尊严、智慧和力量，让老百姓的形象，进入堂皇的史书里来！

陕西韩城司马迁祠

为受屈者鸣不平

司马迁的笔下，还写了一些功劳赫赫却备受统治者排挤、压制的优秀人物，李广就是其中的一位。

李广是有名的将军，骁（xiāo）勇善战，特别会带兵。他的箭射得又准又狠。有一回他见远处草丛中趴着一只老虎，便一箭射去。奇怪，老虎动都没动！靠近了才发现，原来是一块大石头，而这一箭，整个箭头都射进石头里去啦！

李广在北方边境跟匈奴作战，以少胜多、出奇制胜的事例多着呢！他一生作战七十余次，匈奴怕他，称他"飞将军"。因为他在，匈奴好多年不敢侵犯边境。——可是李广却受到统治阵营的排挤和压制，一辈子也没能升官封侯。

在一次大战役中，无能的上级调度失当，放跑了匈奴单于，却把过错推在李广身上。李广这时六十多岁了，他不愿让下级校尉受连累，就把过错揽在自己身上，拔剑自刎了。

不仅李广如此，他的孙子李陵也是个悲剧人物，就连司马迁自己，只因替李陵主持公道，也蒙受了巨大屈辱，他的一生，同样是悲剧性的。《史记》里记载的杰出人物，有一大批都是被杀或自杀的，他们身上，都呈现着悲剧色彩——因为那个时代，就是压制人才、摧残人才的悲剧时代呀！

《史记》所记述的历史人物中，有些虽然受到统治者一时利用，却得不到真正的信任。韩信的情况就是这样。

韩信

韩信年轻时挺穷，名声不大好，也没有谋生的本事，东家吃一顿，西家要一口的。市上有个年轻人看不起他，扬言说：别看韩信个头儿大，总是带刀挎剑的，其实是个脓包！并当众侮辱韩信说：你不怕死就杀了我！不然啊，你从我裤裆底下爬过去！——韩信怎么样呢？他想了一会儿，便真的从那个人的两腿间爬过去了。

韩信大概这么想：我杀了他有什么好处呢？暂时委屈一下，成大名的日子在后头呢！果真，韩信在刘邦手下得到大展身手的机会，汉家大半个天下，都是韩信打下来的！当韩信兵权在手时，有人劝他挑大旗单干，可韩信重感情，讲义气，说是汉王对我这么好，我不能见利忘义，背叛人家。

刘邦可不这么想。他见天下大局已定，生怕韩信位高权重，威胁自己的统治，便寻机把韩信抓起来，夺了他的兵权！韩信这时才醒悟过来，叹气说：人家都说，兔子一死，猎狗就该下汤锅了；鸟打光了，弓还有什么用？敌国消灭，功臣也该掉脑袋啦！如今天下平定了，我的死期到了！——后来韩信到底被杀掉了，连家人亲戚也没能逃脱厄运！

风萧萧兮易水寒

《史记》里还有不少精彩篇章。像《廉颇蔺相如列传》，歌颂了蔺相如的机智勇敢和宽容大度，同时肯定了廉颇的知错能改。——"完璧归赵"和"负荆请罪"的典故便是打这儿来的。

《魏其武安侯列传》则揭露了贵族内部的相互排挤和倾轧。《游侠列传》写了一群活跃在民间专门为人排难解纷的侠义之士。《刺客列传》则歌颂了几位重义轻生、慷慨激烈的刺客。其中荆轲一段写得最为生动。

荆轲是卫国人，喜欢读书、击剑。他客居燕国时，终日跟两位平民朋友饮酒高歌，不务正业。然而有见识的人都知道，荆轲绝非等闲之辈。

当时的秦国如日中天，四出侵略，眼看要打到燕国。燕太子丹心情焦虑，忙着寻访贤士，共谋抗秦。高人田光把荆轲推荐给他，太子丹向荆轲跪拜叩头，说出自己的计划：请荆轲带刀入秦，寻机劫持秦王，逼他息兵罢战，不行就把他杀掉。——荆轲被太子丹的诚恳所感动，慨然应允。

荆轲提出条件，要逃到燕国的秦将樊於期的人头，以取信于秦王。太子丹答应下来，并为荆轲准备了锋利的匕首，又派勇士秦舞阳给他做助手。

一切准备停当，荆轲却迟迟不肯动身。眼看秦军逼近，太子丹心急如焚，对荆轲说：日子不多了，要不我派秦舞阳先去如何？荆轲大怒说：你这是什么意思？我岂是那种只管去不管回的无用之辈？何况手提匕首深入虎狼之秦，可不是闹着玩儿的！我在等一个朋友，有他的参与，把握更大些。既然太子催促，我现在出发就是了！

　　太子及宾客知其事者，皆白衣冠以送之。至易水之上，既祖，取道。高渐离击筑，荆轲和而歌，为变徵之声，士皆垂泪涕泣。又前而歌曰："风萧萧兮易水寒，壮士一去兮不复还！"复为羽声慷慨。士皆瞋目，发尽上指冠。于是荆轲就车而去，终已不顾。

高渐离是荆轲的朋友，擅长演奏筑这种乐器。荆轲慷慨高歌，送行的人受了感动，个个瞪圆双眼，毛发倒竖，帽子都戴不住了！——太史公用有声有色的文字，渲染出一幅动人的图画，画中的荆轲面容冷峻、豪气干云！易水送行的场面被作者烘托得如此悲壮，两千年后读了，仍有着打动人的力量！

荆轲以奉献燕国地图和樊於期头颅为由，进见秦王。秦王接过图轴打开，展到尾端时，藏在图中的匕首露了出来。荆轲夺过匕首，拉起秦王的衣袖便刺，可惜被秦王挣脱了。几经搏击，荆轲反被秦王的长剑砍断了腿。荆轲飞起匕首投掷，结果只刺中殿上铜柱。荆轲身受重伤，倚柱而坐，笑骂秦王，就那么死于乱刀之下！

以前荆轲曾跟一位剑客论剑，一言不合，剑客怒目而视，荆轲一声不响地走掉了。后来听说刺秦之事，剑客才明白荆轲并非懦弱之辈，只是不愿跟他纠缠罢了。他叹息说：可惜荆轲还是败在剑术不精上！

跟随荆轲使秦的助手秦舞阳，十三岁就杀过人，没人敢跟他

荆轲刺秦王（墨浪绘）

对视。可一登秦庭，他就体似筛糠抖个不停，多亏荆轲笑着替他掩饰过去。——太史公通过这些细节点染告诉读者，真正的勇士应该是什么样子。

司马迁擅长吸收前人的成果，譬如这段"荆轲刺秦"，便与《战国策·燕策》中的相关记述十分接近。有人说司马迁"照抄"了《战国策》的记述文字，但也有人认为，《战国策》是西汉学者刘向在司马迁死后编辑而成的，怎知不是刘向在编书时反过来抄袭了《史记》呢？

场面如戏剧，对话最传神

《史记》虽然是历史著作，却有着极高的文学价值。在司马迁笔下，历史人物个个栩栩如生，场面也富于戏剧性。《项羽本纪》记述鸿门宴那段，就是个精彩的例子。

刘邦与项羽本是破秦的同盟军，但秦朝一亡，两人便转变成了争夺天下的敌手。鸿门宴就是在秦朝已亡、刘项将要翻脸时发生的事。那时刘邦只有十万军队，项羽却有四十万大军。项羽请刘邦到楚军驻地鸿门来赴宴。刘邦明知这杯酒不好喝，可还是来了。

席间，刘邦竭力做出温顺的姿态，表示自己并不想跟项羽争天下。头脑简单的项羽相信了他的话。但项羽的谋士范增却没上当，他怕项羽"放虎归山"，就派楚将项庄到席前表演舞剑，嘱咐他找空子杀掉刘邦。

项羽的叔叔项伯跟刘邦有点儿交情，他见事情紧急，便"胳膊肘朝外拐"，拔出宝剑跟项庄对舞起来，暗中却拿身子护住刘邦，让项庄下不了手。

刘邦的谋士张良见势头不好，急忙溜出帐外，去找刘邦的卫士樊哙，叫他赶紧去保护主人。樊哙一来，震住了楚军上下，缓和了气氛。过了一会儿，刘邦借口去厕所，偷偷抄小道跑回自己营垒去。——项羽错过这次机会，后来到底死在刘邦手中。

阅读鸿门宴的故事，读者的心始终被紧张的情节牢牢抓住。在场人物的性格心态，也在瞬息万变的事态发展中显露无遗。刘邦的狡猾与怯懦、项羽的坦率无谋、范增的忠诚、张良的机智、樊哙的勇猛无畏，都让人忘不了！

《史记》完全用散文写成，平易通俗，即便今天读来也不觉费力。倒推两千年，大约跟当时的口语十分接近。行文中还夹着不少当时的俗语、谣谚，带着很浓的生活气息。人物的语言更是各有特色，能让人从话语里，看出人物的音容笑貌、脾气禀性来。

例如项羽和刘邦都见过秦始皇，项羽站在人堆儿里说："彼可取而代也！"——这家伙我可以代替他！说得多痛快，多豪迈！刘邦却说："嗟乎！大丈夫当如此也！"——哎！一个人就该这样活着呀！这话就不那么直截了当，刘邦内心的贪婪、对帝王的艳羡，也都流露出来。

在《酷吏列传》里，司马迁写了一个专用严刑酷法对付百姓的酷吏王温舒，他身为太守，最好杀人，曾一口气杀死几千人，血流十几里。

汉朝有个规矩：春天不准杀人。王温舒见树叶绿了，竟急得咬牙跺脚，说："嗟乎，令冬月益展一月，足吾事矣！"咳，让冬天再延长一个月，我的事就办好了！——他要办什么事？原来就是杀人！但也正是这些杀人不眨眼的魔鬼，受到了封建皇帝的真正信任和重用！

暂借张良谈尊师

爷爷摇着蒲扇，补充说："唐代古文大家韩愈十分推崇司马迁，他把《史记》看作文章的典范。宋代大散文家欧阳修的文章也深受《史记》影响。明代的归有光、清代的桐城派，对司马迁更是推崇备至。后世的小说也继承了《史记》的文学传统。《史记》里的不少故事，更是流传广泛、家喻户晓。"

沛沛说："刚才您说到鸿门宴中的张良，我想起老师讲过一个故事：张良年轻时，有一回在河边溜达，见一位老人把鞋子掉到桥下去了，老人很不客气地招呼张良：年轻人，去把我的鞋捡回来！张良看他是位老人，就忍住气，帮他捡了上来。老人一抬脚：给我穿上！张良只好跪下去替他穿好。老人笑了，说：这孩子有出息，五天后一大早，到这儿来见我！

"五天后，张良一早

张良

就来到桥头。老人早就等在那儿，一见张良就生气地说：跟长辈约时间，怎么能迟到呢？过五天再来！又过了五天，鸡一叫张良就到了，没想到又落在老人后面。老人又给张良一次机会，这回张良半夜就到了。过了一会儿，老人才来，笑着说：这还差不多！于是拿出一部书送给他。——那是一部兵书。张良捧回去刻苦攻读，后来终于辅佐刘邦，干出惊天动地的事业来！"

爷爷笑着听沛沛讲完，点头说：《史记》的《留侯世家》，也就是张良的传记里，确实记录了这件事。听上去像个传说，其实是司马迁借此向人们阐述尊师的道理哩！"

第 **11** 天

汉乐府诗

附《古诗十九首》

乐府和乐府诗

沛沛琢磨着：汉代的辞赋和历史散文讲过了，可没听过汉代有什么著名的诗人。他问爷爷："汉代也有诗歌吗？"

"怎么没有？汉代的乐府诗就最有名。跟《诗经·国风》一样，这些诗歌也大都来自民间，作者多半是民间的耕夫、织妇、工匠、士卒，他们身份低微，没人能留下名字。就是少量文士之作，如《古诗十九首》，也都是无名氏的作品。虽然没出现屈原那样的大诗人，汉乐府诗却是中国诗歌演进的重要一环，不可忽视。"爷爷回答说。

"乐府诗？"这个词儿沛沛还是第一回听说。

"提到乐府诗，先得说说'乐府'。乐府是汉代官方掌管音乐的衙门，汉武帝时开始设立。它的任务是编写乐谱、训练乐工、搜集整理歌词，等朝廷举行典礼或国宴，就让乐工们奏乐演唱。

"乐府诗不同于《诗经》的四言体和'楚辞'的骚体，是以五言为主。每句五字，形成二、三节奏，比起四言体的二、二节奏，要灵活得多；跟骚体相比，则有整齐、简练、朴素

《乐府诗集》书影

的优点。

"乐府诗是要配乐歌唱的，按乐曲之名，各有标题，如'歌''行''谣''引''曲''吟'等。常见的题目有《子夜歌》《短歌行》《东门行》《蒿里行》《塞上曲》《梁父吟》；此外还有《行路难》《将进酒》《蜀道难》《关山月》《战城南》《有所思》等。

"乐府歌词大多是从民间搜集来的——这还是周代采风的传统呢。因由乐府整理，便统称'乐府诗'，或干脆叫'乐府'。久而久之，连汉代以前的'国风'，汉代以后的南北朝民歌，唐代的五七言古体诗，五代及宋的词，元代的散曲，明清的俗曲时调，也都统统称作'乐府'了。

"你看，汉乐府的影响有多大！"

乱世百姓唱悲歌

乐府民歌出自民间，自然反映的是老百姓的心声。东汉末年，战乱频仍，最遭罪的是百姓。他们一会儿被拉去当兵，一会儿又要服徭役，还要受贪官暴吏、地主豪强的欺负压榨，简直难得活命。乐府诗里有一首《东门行》，便写出百姓的反抗情绪：

出东门，不顾归。

来入门，怅欲悲。

盎（àng）中无斗米储，还视架上无悬衣。

拔剑东门去，舍中儿母牵衣啼：

"他家但愿富贵，贱妾与君共餔糜（būmí）。

上用仓浪天故，下当用此黄口儿。今非！"

"咄，行！吾去为迟！白发时下难久居！"

一个穷汉子，一回家就犯愁：罐儿里连点儿米也没有，衣架空空，没件衣裳。他拔剑就走，出了东门，头也不回。他想干什么？可能要去杀富济贫吧！

妻子拉住他的衣襟说：人家都想着富贵发财，我却宁愿跟着你喝稀粥。看在老天爷和孩子的份儿上，你可千万别去干傻事！汉子说：走开，别拦着我！你看我白头发都快掉光了，这日子没法过了！——是啊，由于生活的逼迫，走投无路的人只好铤而走险了！

战争给人民带来的痛苦更深重。有一首《十五从军征》从侧面描写出战争的残酷：

十五从军征，八十始得归。

道逢乡里人："家中有阿谁？"

"遥看是君家，松柏冢累累。"

兔从狗窦入，雉从梁上飞。

中庭生旅谷，井上生旅葵。

舂谷持作饭（同"饭"），采葵持作羹。

羹饭一时熟，不知贻阿谁。

出门东向望，泪落沾我衣。

有个白发满头的老兵退伍回来了。他十五岁参军当兵，八十岁才退伍还乡。家里还剩有谁啊？只留下一片荒坟累累。老屋变成野

东汉砖画，画面表现的应是贵族之家祭祀或节庆的场面：人们忙着烹调、酿酒、杀狗、宰羊、打水、扛抬食物……与乐府诗歌中反映的贫困无望的农民生活形成巨大反差

兔和野鸡的巢穴，院中、井边长满野谷、野菜。采了野谷、野菜凑合着做一餐饭吧，饭倒是做熟了，可端给谁一块儿吃呢？——老人出门看着远方，眼泪串串打湿了衣裳！

这个老兵尽管不幸，可总算保住了一条性命。至于《战城南》里那个战死的士兵，乞求乌鸦为他唱挽歌，说是你替我这个孤死鬼嚎几声吧，死在野外的人谅必不会被埋葬，你要吃烂肉，有的是时候！——这境况可有多惨！

美女巧答无良高官

不过生活再艰苦，也挡不住人们对美好爱情的追求。乐府诗里爱情题材的真不少，有一首真挚热烈的情歌《上邪》，可以做代表：

> 上邪！
> 我欲与君相知，长命无绝衰。
> 山无陵，江水为竭；
> 冬雷震震，夏雨雪；
> 天地合，乃敢与君绝！

这应该是一位少女在向心爱的人发誓：老天在上，我要跟你相亲相爱，白头到老不分离。除非高山成了平地，江水干枯见底；冬天打响雷，夏天下大雪；天地合到一块，我才跟你断绝呢！——这几件事压根儿不可能发生，所以这位少女注定要跟心上人好一辈子啦！

有些乐府诗里虽然也出现了美女，可主题却是揭露无耻的统治者。像那首《陌上桑》，刻画了女主人公罗敷的美貌。你看她有多美：

> 行者见罗敷，下担捋髭须。
>
> 少年见罗敷，脱帽著帩（qiào）头。
>
> 耕者忘其犁，锄者忘其锄。
>
> 来归相怨怒，但坐观罗敷。

大家被罗敷的美丽惊呆了，他们忘了赶路，忘了干活儿，甚至争争吵吵、颠三倒四的，这全是为了贪看罗敷的缘故。

这时，有个大官儿出场了，他坐着五匹马拉的车子，神气活现的，妄图仗着官高势大把罗敷带走！——罗敷可不怕他。她上前说：你怎么这么糊涂！你已是有妻室的人了，我也是有丈夫的呀！我的丈夫嘛，在东方统领着千军万马，骑着带金络头的白骏马，腰间挎着名贵的宝剑，相貌堂堂，仪表不凡，在几千人里也是拔尖的。他的官儿也大得很呢！

诗歌到这里就结束了。我们猜想，那个厚脸皮的太守这时一定是灰溜溜的。同时，我们对这个又机灵又刚强的罗敷，都有点儿爱慕啦！

孔雀为谁而徘徊

汉乐府最著名的爱情悲歌是东汉末年的叙事长诗《焦仲卿

妻》，也就是常被人们称作《孔雀东南飞》的。

"孔雀东南飞，五里一徘徊。"长诗一开头，写一只美丽的孔雀向东南飞去，可它似乎留恋着什么，飞不了几里，总要徘徊一阵子。诗人运用比兴的手法，引出了一个悲惨的故事。

汉末建安年间，庐江府有个小吏叫焦仲卿，他的妻子刘兰芝，又贤惠又有教养。自从嫁到焦家，她每天"鸡鸣入机织，夜夜不得息"，小两口的感情也非同一般。可焦仲卿的母亲却是个刁钻的老太太，她对儿媳横挑鼻子竖挑眼，责怪兰芝不能干，还凭空指责她没有礼貌，不听调遣，非逼着儿子把她赶回娘家不可！

焦仲卿是个孝顺儿子，他所接受的封建教育不允许他违抗母命。他哽哽咽咽地跟妻子商量，说是准备把她先送回娘家住一阵，日后再想法子接回来。

刘兰芝对焦母却不抱任何幻想。她知道，自己这一去大概再也回不来了。她把所有嫁妆都留给丈夫做纪念。鸡叫天明，她打扮得整整齐齐，从容地向婆婆辞行——大概她不愿在不通情理的婆婆面前表现出软弱来吧。可是跟小姑告别时，她却落了泪。等到出门登车，她早已哭成了泪人。

仲卿远远送她到大道口，两人恋恋不舍，还盼着有一天能重新团聚呢。兰芝发誓说：

> 君当作磐石，妾当作蒲苇。
>
> 蒲苇纫如丝，磐石无转移！

孔雀东南飞（王叔晖绘）

一个像磐石一样坚定，一个像蒲苇一样坚韧，他们的爱情就是这样坚贞不渝。

回到娘家，兰芝的母亲倒还同情她，她哥哥却老大不耐烦，逼着妹妹改嫁。没办法，兰芝答应嫁给太守的公子，可她的心里却另有主张。

仲卿听得消息，立刻告假来见兰芝。他心情沉痛地对兰芝说：祝贺你攀上高枝啊！我这块磐石倒还是这么坚牢，你那蒲苇怎么一天半日的就没了韧劲儿？好，愿你一天天富贵，我可要先走一步了！兰芝说：你这是什么话，咱们同病相怜，都是受人逼迫。咱们黄泉下相见吧，谁也别违背诺言。

仲卿回到家中，跟母亲告别。看着空荡荡的屋子，长叹一声，打定了主意。出嫁的日子到了，兰芝被送进洞房。就在"奄奄黄昏后，寂寂人定初"的时刻，她"揽裙脱丝履，举身赴清池"，投水自尽。仲卿听到消息，也"徘徊庭树下，自挂东南枝"，拿一死来报答兰芝的深情。——一对恩恩爱爱的夫妻，就这样被无情的封建礼教逼上了绝路！

《焦仲卿妻》一千七百多字，是中国诗歌中少有的长篇叙事诗。诗人的丰富感情和鲜明爱憎，就浸透在人物刻画中。兰芝的形象最为感人，她虽然处在被损害的地位，却始终从容镇定、自尊自重，一点儿也不怯懦。相比之下，焦仲卿就显得有些懦弱，缺少点儿男子汉的刚强劲儿。——可是他用死来表达对封建礼教的抗议，也是很了不起的！

长诗结尾，两人被合葬在华山旁。

> 东西植松柏，左右种梧桐。
> 枝枝相覆盖，叶叶相交通。
> 中有双飞鸟，自名为鸳鸯，
> 仰头相向鸣，夜夜达五更。

这个浪漫的结尾，象征着两人精神不死。神奇的想象里，蕴含着百姓们的美好心愿和深切同情。

乐府民歌出自百姓之口，它的语言朴素而自然，跟口语十分接近。就是现在读起来，也不难读懂。

最早的文人五言诗

不过文人五言体诗形成较晚，大约在东汉末年。梁代萧统选编的《文选》中收有《古诗十九首》，那可是最早的文人五言诗。——别小看这几首诗，它们在文学史上占着一席地位呢。

《古诗十九首》不是一人所作，思想内容也比较复杂，但大多数是抒情作品，这一点跟乐府诗以叙事为主不太一样。

《古诗十九首》大都抒写感伤的情怀，像那首《孟冬寒气至》，借妇人的口吻感伤离别。诗中先写冬夜风寒，思妇夜不能眠，仰观星月，愁思满怀。"三五明月满，四五蟾兔缺"（蟾兔：指月亮。相传月中有蟾蜍、玉兔），月圆月缺，时光流转，亲人怎么还不回来？"客从远方来，遗我一书札。上言长相思，下言久离别。置书怀袖中，三岁字不灭。一心抱区区，惧君不识察。"〔遗（wèi）：赠，送。"置书"句：指把书信贴身收藏。区区：心中的思念、爱慕之情。〕

三年前丈夫托人捎来一封信，妇人至今还珍藏在身边呢。

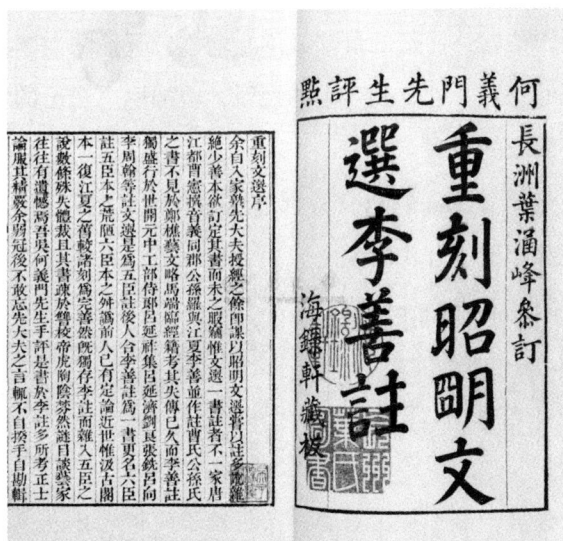

《重刻昭明文选》书影

"三岁字不灭"，象征着心中的爱永不磨灭，怕只怕丈夫不能体察、珍惜！——那个时候，社会动乱，十家有八家不得团聚。诗中的情绪是很有代表性的。

也有写游子在外怀念家乡的，这是从另一个角度来写离别。像这首《去者日以疏》：

> 去者日以疏，来者日以亲。
> 出郭门直视，但见丘与坟。
> 古墓犁为田，松柏摧为薪。
> 白杨多悲风，萧萧愁杀人。
> 思还故里闾，欲归道无因。

这位游子在异乡作客。他看到古老的坟墓被犁为田地，墓边的松柏也被砍作柴薪，而新的坟墓又不断增添，墓地的白杨树在风中发出凄凉的悲音。他感到人生的短暂，更加思念自己的家乡，可哪一条是回家的路呢？

全诗笼罩着深深的悲哀。景色描写和诗人的心情融为一体，这一切又都印证了开头所说的"去者日以疏，来者日以亲"的人生感慨，因此显得格外伤感。

《古诗十九首》不容小觑

说到这里，爷爷掏出系着一条银链子的精致怀表，见时间还早，便又说道："《古诗十九首》里还有一类诗是宣扬'及时行乐'的。像那首《生年不满百》就说：人生不过百年，干吗老是想得那么长远啊！应当抓紧时间，及时行乐，白天不够用，就点着蜡烛夜游才对！

"另有一首《今日良宵会》，则鼓吹人生短暂，就像狂风中的尘土，一会儿就不知去向了！赶紧去攫取富贵吧，先下手为强。何必守着穷神，苦一辈子呢！

"这类诗，反映了士大夫阶层消极颓废的情绪；但也有人认为，这里流露的是对人生价值的觉醒和追求，是对旧的宿命论和封建道德的怀疑和否定。"

沛沛说："诗歌由《诗经》的四言到汉乐府的五言，应该算是进步吧？"

爷爷回答："没错。五言体显然比四言体更有生命力，因为二、三节奏要比二、二节奏灵活许多。此后的七言体，也是在五言的基础上发展而来的呢。

"《古诗十九首》代表了文人五言诗的最高成就，古代文人没有不推崇它的——不但推崇它的形式，也欣赏它的内容和情调。它对中国文坛的影响可真大，一位近代学者曾半认真半开玩笑地说：'千余年来中国文学，都带悲观

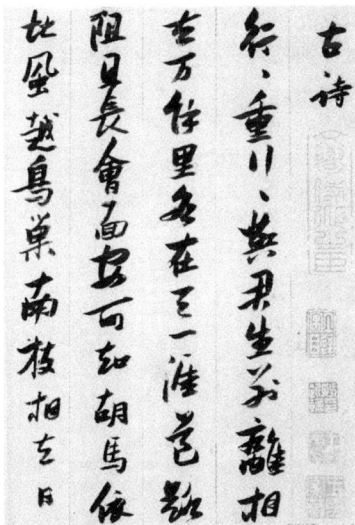

明人书《古诗十九首》（局部）

消极的气象，《古诗十九首》的作者怕不能不负点儿责任哩！'

"对了，《文选》中还有一组'苏李诗'，共有十多首，也是五言体。'苏'便是被匈奴扣押十九年誓死不降的汉使苏武，'李'就是曾给司马迁带来灾祸的李陵。相传这两人曾在匈奴见面，并互赠诗篇。后人十分推崇这组诗，甚至把这两人奉为五言诗之祖呢！"

沛沛问："要读乐府诗，又到哪里去找呢？"

爷爷说："忘记说，梁代萧统的《文选》、陈代徐陵的《玉台新咏》，都收了一些乐府诗，不过收录最多的是宋代郭茂倩编纂的《乐府诗集》，那是《诗经·国风》之后又一部民歌总集，共收录先秦到唐五代的乐府歌词连同民谣五千多首。若要了解宋以前的乐府诗，有这一部也就够了。"

『三曹』与建安文学

曹操不是"大白脸"

"《古诗十九首》的作者是一些地位不高的文人，汉乐府的作者地位就更低下。可是到了汉末魏初，诗人中出现了官高爵显的大人物，连皇帝也热衷起文学来。

"咱们今儿要说的这几位，包括汉末的宰相曹操，他的儿子曹丕——就是后来的魏文帝，还有另一个儿子曹植，这爷儿仨在汉末建安年间（196—220）是最有名的诗人，被称作'三曹'。'三曹'周围又聚集了一批文人，他们的创作活动使建安和魏初的文坛变得生气勃勃。文学史上称'建安文学'。"

沛沛有点儿不解，问爷爷："曹操不是戏台上那个涂着白脸的大奸臣吗？他怎么又成了著名文学家呢？"

爷爷说："你可不要搞错，戏台上和小说里的人物大多是作家虚构的，里面还掺和着民间传说，并不能作为研究历史的依据。其实历史上的曹操，并不像小说、戏剧里刻画的那样。他的政治才能、军事才能，远远超过他的敌手刘备和孙权；他的文学才能，更是让那两位望尘莫及！

"曹操（155—220）字孟德，小字阿瞒，出生在官宦之家。

开头他的官儿并不大。后来赶上天下大乱，借着镇压黄巾军的机会，他迅速扩展实力。在军阀混战中占据中原，又把皇帝控制在自己手里，'挟天子以令诸侯'。他活着的时候，天下的一大半都掌握在他的手心儿里。他自封魏王，可始终没敢篡汉自立。他死后，儿子曹丕可

曹操

不管那一套，废掉汉献帝，改国号为魏，追尊曹操为魏武帝。

"人不可貌相。据说曹操个子不高，其貌不扬。一次匈奴使者来见他，他怕自己不能震慑敌国，特意选了个仪表堂堂的部下装扮成自己，自己则扮作侍卫模样，在一旁提刀站立。

"等那位使者离开，曹操派人去刺探使者的印象。使者说：魏王仪表不凡，的确很威风，可是他身旁那位'捉刀人'，才是真正的大英雄呢！

"曹操活着时，便有'奸雄'之名。相传他去见名人许劭（shào），许劭对他的评价是'治世之能臣，乱世之奸雄'。曹操听了，哈哈大笑。大概他认为许劭说得有道理吧。

"不错，当天下太平时，曹操可以辅佐君王，当个贤臣；若逢乱世，以他的能力，又有什么能约束他的呢？所谓'奸雄'，便是指野心勃勃，不按'礼制''王法'办事的人吧？"

对酒当歌，老骥伏枥

曹操留下的诗不多，总共只有二十来篇，如《蒿里行》《苦寒行》《短歌行》《步出夏门行》等，或写时事，或抒悲苦，或展示了自己的政治抱负，篇篇都有分量。

《蒿里行》如同一首简短的史诗，记录了"关东义士"会盟讨伐董卓的经历。诗人叹息诸侯们各怀鬼胎、自相残害，袁术还私刻玉玺、自封皇帝，苦的是士兵和百姓：

> 铠甲生虮虱，万姓以死亡。
> 白骨露于野，千里无鸡鸣。
> 生民百遗一，念之断人肠。

战乱给社会和人民带来巨大危害，手握兵权的诗人不仅心怀悲悯，更有一种责任和担当。曹操的政治抱负在《短歌行》里表白得最明白，然而诗的开头几句，看上去却有点儿消极：

> 对酒当歌，人生几何？
> 譬如朝露，去日苦多。
> 慨当以慷，忧思难忘。
> 何以解忧，唯有杜康。

"杜康"本来是传说中发明造酒术的人，这里成了酒的代称。不过曹操不是借酒浇愁，麻痹自己。他接下来说："青青子衿，

悠悠我心。但为君故，沉吟至
今。"——即便在醉中，诗人也
在惦念着如何延揽贤才。这里借
《诗经》中的句子，表达自己思慕
贤人的心情。

以下诗中又描绘鼓瑟吹笙迎
接"嘉宾"以及跟老朋友"契阔
谈䜩"（久别重逢，交谈欢宴）
的场面。诗的最后说：

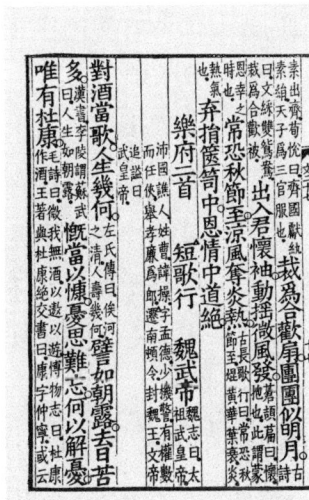

曹操《短歌行》，载《文选》

> 月明星稀，乌鹊南飞。
> 绕树三匝（zā），何枝可依？
> 山不厌高，海不厌深，
> 周公吐哺，天下归心。

乌鹊绕树，是形容那些漂泊无依的智者贤才吧？曹操说：泰山不
让土壤，故能成其高；大海不辞细流，故能成其深。我要学周公
礼贤下士，何愁不能聚拢人心！——周公是儒家推崇的圣人，他
最重人才，听说有人来投奔，正在洗澡，就赶紧拧干头发去接
见；正在吃饭，就把嘴里的食物吐出来，只求快点儿去见人家。
这样的情况，洗一次澡，吃一顿饭，往往发生好几回！而曹操以
周公自比，雄心不小！

曹操的雄心壮志，到老也没有消磨。他的《步出夏门行》
中还有一首《龟虽寿》，诗中吟咏道：

神龟虽寿，犹有竟时。

腾（téng）蛇乘雾，终为土灰。

老骥伏枥，志在千里；

烈士暮年，壮心不已。

盈缩之期，不但在天；

养怡之福，可得永年。

幸甚至哉，歌以咏志。

诗的前四句说，龟和蛇虽然寿命很长，但终有死去的一天。寿命不过百年的人，是不是更应及时行乐呢？——曹操可没有重复这些老调，他要在有限的暮年建功立业，他的志向还大着呢！"老骥伏枥，志在千里；烈士暮年，壮心不已"，这表达的，正是曹操非凡的抱负和雄心！

这就是曹操的诗：苍凉悲壮，气度不凡，的确跟一般文人的作品不同。曹操的散文也写得别具特色。他在《让县自明本志令》中说："设使国家无有孤，不知当几人称帝、几人称王！"（孤：王者自称，犹言"我"。）——这话也只有曹操说得出来，因为他的地位摆在那儿呢！他写文章想到哪里就写到哪里，挥洒自如，很有大家风范。难怪鲁迅称赞他是"改造文章的祖师"！

皇帝诗人曹丕

曹操的儿子曹丕（187—226）就不及老子了，政治才能不说，诗歌创作上也缺乏那慷慨的气势。不过最早的七言诗是出自曹丕笔下，就是那首《燕歌行》：

> 秋风萧瑟天气凉，草木摇落露为霜。
> 群燕辞归鹄南翔，念君客游多思肠。
> …………

诗中写一位妇女在秋夜思念丈夫，开头几句既是描写景物，也是烘托心情。这里继承的，仍是《诗经》的比兴传统。然而诗的结构既非《诗经》的四言体，也非汉乐府的五言体，而是当时人很少用的七言体。——日后七言体成为中国近体诗的主要形式之一，而这首《燕歌行》，就像给七言体埋下一块基石。

曹丕还写了一部《典论》，其中《论文》一篇，对建安时期的文学家做了评价。他反对"文人相轻"的风气，说文人之间不该你看不起我，我看不起你的。他提出"文以气为主"，说文学家各有各的性格和气质，文章的风格自然也不一样，何必抬高这个贬低那个呢？

曹丕又是中国第一位文

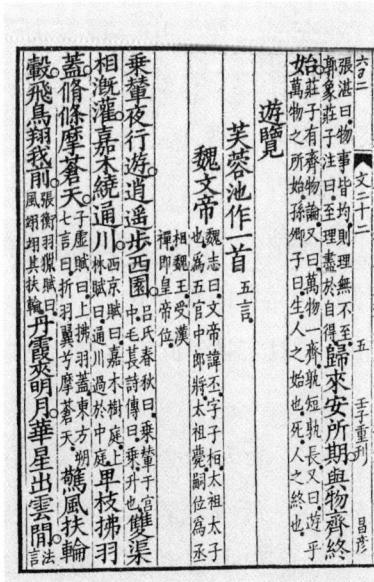

曹丕五言诗《芙蓉池》，载《文选》

学批评家，是第一个把文学的地位举得很高的人。他说文章是"经国之大业，不朽之盛事"（经国：治理国家），说人的寿命有尽头，荣华富贵也只能活着时享受，可文章却可以永垂不朽！

据说曹丕人很随和，不摆王子架子。他的朋友王粲死了，他跟一伙朋友到墓地去追悼，提议说：王粲活着时最喜欢听驴叫，咱们就来学声驴叫，送送他吧！于是墓地上响起一片驴鸣！

不过曹丕毕竟是统治者，在争夺继承权上是毫不手软的。对待自己的骨肉兄弟，表现出冷酷的一面来。

曹植：心慕游侠，情系洛水

在"三曹"中，最有文学才华的应数曹植（192—232）。曹植字子建，自幼受到曹操的赏识，还差点儿被立为王储。可是他喜欢饮酒，又很有个性，最终失掉曹操的欢心，王储到底没当成。

曹植生在乱世，跟着父亲在军营里长大，从小培养起报效国家建功立业的雄心壮志。他有一首《白马篇》，赞扬了北方的游侠儿，其实是借此表达自己的志向和情怀：

白马饰金羁，连翩西北驰。

借问谁家子，幽并（Bīng）游侠儿。

少小去乡邑，扬声沙漠垂。

…………

幽并是汉时的边塞地带，那里民风强悍，多出豪侠。上面几句是诗的开头，写幽并好汉骑着戴金络头的白马向沙场上飞奔，他们从小就离开家乡，到沙漠边陲去建功扬名。

诗歌接着赞美游侠儿箭法出众，英勇矫捷。诗的最后，边城发出了警报，匈奴和鲜卑人又来入侵，游侠儿迎着刀尖冲上前去，父母、妻儿、自己的性命全都抛在脑后：

> 名编壮士籍，不得中顾私。
>
> 捐躯赴国难，视死忽如归！

自己的名字编在壮士的花名册上，又怎么能怀着私心呢！在国家危难时，游侠儿把为国捐躯看得像回家一样轻松！

曹植的诗才情四溢，热情奔放。读着这首诗，你能想见作者的为人：那么昂扬矫健、激情焕发。诗中的游侠儿形象，就是诗人自己呀！

诗歌之外，曹植的散文和辞赋也十分出色。有一篇《洛神赋》，记述了曹植途经洛川时的见闻和感想。赋中说自己从京师返回封地，路经洛水时，忽见有丽人立于水边石上。诗人问赶车人，赶车人却一无所见，说：别是洛川神女宓妃吧？您说说

曹植

看，她长什么样？——诗人于是有了下面的描写：

> 翩若惊鸿，婉若游龙。荣曜秋菊，华茂春松。仿佛兮若轻云之蔽月，飘飖（yáo）兮若流风之回雪。远而望之，皎若太阳升朝霞；迫而察之，灼若芙蕖出渌（lù）波。……

若问洛神有多美？你不妨想象一番：她体态轻盈，像翩然惊飞的鸿雁，又如婉转悠游的蛟龙。她容光焕发像秋菊，精神健旺似春松。她的神韵让人联想到薄云遮蔽下的朦胧月色、轻风吹拂的飘忽雪花。这位女神啊，远望如太阳从灿烂的云霞中升起，近瞧又像明艳的荷花绽放在绿波之上……这诗一般的句子，没一句具体写女神，可女神的美却深深征服了每一位读者！

诗人解下玉佩向神女表示爱慕，神女也含情脉脉地用琼玉回

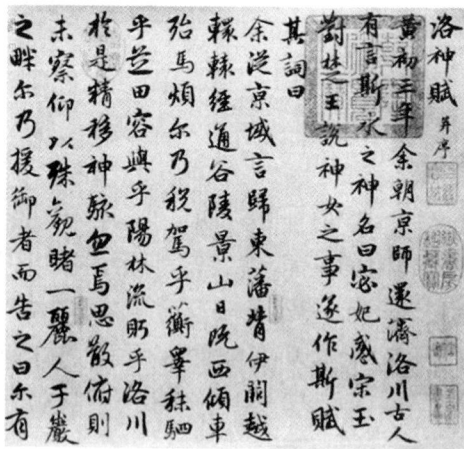

赵孟𫖯书曹植《洛神赋》

赠。到了此刻，诗人反而犹豫起来，最终还是理智占了上风。他敛容定心，恢复了守礼君子的神态。众神呢？采明珠，拾翠羽，飘忽舞蹈，往来嬉游；神女则罗袜凌波、欲进又止，目光流转、体态婀娜……终于，她登上六龙之车，随着叮当的环佩声飘然远去。车过山冈时，女神还回眸一望，似乎有无限情意要诉说……然而人神阻隔，诗人的爱慕里带着徒然的惆怅！

战国时，楚人宋玉曾写过一篇《神女赋》，曹植这篇显然受了它的启发。也有人说，《洛神赋》原名《感甄赋》，是曹植暗恋嫂子甄妃所写，为了避嫌，才改称《洛神赋》的。是真是假，已经无法考证啦。

相煎何太急

曹操在世的时候，曹植还算自由自在，可曹操一死，哥哥曹丕当了皇帝，曹植的好日子算是到了头。——大凡做皇帝的人，最担心人家抢自己的位子；对自己的亲兄弟，更是严加防范。曹丕一上台，自然先把兄弟们控制起来。曹植、曹彰等哥儿几个虽然名义上是王侯，实际跟囚徒差不了多少。

有一回，曹丕为了难为曹植，命令他在七步之内作出一首诗来。没想到曹植还没走完七步，诗已作出来了：

> 煮豆持作羹，漉（lù）菽以为汁。
> 萁在釜下燃，豆在釜中泣。
> 本自同根生，相煎何太急。

诗中说，煮豆子做豆豉（chǐ），锅底下烧着豆蔓子。豆子在锅里哭着说：豆蔓儿呀，咱们本是一条根生出来的，干吗这么逼人太甚呀！——据说曹丕听了，十分惭愧。他听出了这双关语中的另一层意思：咱哥儿俩是一母同胞，你何必赶尽杀绝！

在魏晋南北朝时，曹植的诗文备受推崇。大诗人谢灵运说："天下才共一石，子建独占八斗，我得一斗，天下共分一斗。""石（dàn）"是称量粮食的单位，一石为十斗。——你已经看出来，谢灵运这是借着夸曹植，抬高自己呢。尽管如此，我们还是能看出文人对曹植的仰慕，以后人们恭维别人有才华，便常说此人"才高八斗，学富五车"。

建安七子：陈琳饮马与王粲登楼

"三曹"之外，建安时期还有七位成就很高的文学家，号称"建安七子"。他们是孔融、陈琳、王粲、徐干、阮瑀（yǔ）、应玚（yáng）和刘桢。他们聚拢在曹氏父子身边，形成建安文学集团。

孔融（153—208）曾在曹操手下为官，后因跟曹操意见不合，被杀掉了。他的作品以散文见长，有一篇《论盛孝章书》，内容是向曹操推荐盛孝章这个人，同时还阐述了招揽贤才的意义，文章写得极为恳切。曹丕称赞他的文章"体气高妙，有过人者"。——对了，有个"孔融四岁让梨"的故事，就是关于他的传说。

七子中的另一位陈琳（？—217），有一首《饮马长城窟行》

很著名。诗歌吸取了乐府民歌的营养，以对话形式诉说了百姓修筑长城的痛苦。诗中那个被迫筑城的"太原卒"写信给妻子，劝她改嫁说：

> 身在祸难中，何为稽留他家子。
>
> 生男慎莫举，生女哺用脯。
>
> 君独不见长城下，死人骸骨相撑拄。

士兵说：我身陷这永无归期的祸难中，干吗还要耽误人家的女儿？如今生了女孩倒可以喂养，生了男孩干脆扔掉！你没看见长城脚下吗？死人的白骨乱堆在一块，养大男孩儿不过就是这个下场啊！

陈琳本是袁绍的部下，跟曹操是死对头。他替袁绍草写檄文，把曹操骂了个痛快。曹操有头风病，躺在床上读陈琳的文章，竟出了一身汗！他一跃而起说：陈琳的文章，可以治病！

后来陈琳兵败被俘，曹操质问他：你骂我也就罢了，为什么还要骂我祖宗三代？陈琳从容回答："箭在弦上，不得不发！"——我是一支箭，被人搭在弓上，身不由己啊！曹操爱才，竟没有杀他，还把他收在帐中，从事文牍工作。

七子中的王粲（177—217）——就是曹丕在他墓前学驴叫的那位，生前也在曹操手下任职。他又瘦又矮，相貌丑陋，脑瓜儿却蛮聪明。路边的碑文，他读一遍就能背下来。下棋时打翻了棋盘，他能把棋局重新摆出，一子不差。

蔡邕（Yōng）是当时的大学者，家中常常宾客满堂。一次他听说王粲来拜，急着起身迎接，左右脚的鞋子都穿颠倒了。众宾客见王粲身形矮小、貌不惊人，有些看不起。蔡邕却说：这是司空王公的孙子，是位奇才，我自愧不如。我的书籍文章，都应送给他才是！

王粲的诗赋很能反映乱世景象，情调悲凉，在七子中成就最高。他的《七哀诗》就描画了这样的场景：

出门无所见，白骨蔽平原。

路有饥妇人，抱子弃草间。

顾闻号泣声，挥泪独不还。

"未知身死处，何能两相完！"

这个饥饿的母亲把孩子扔在草丛里，挥着泪一步三回头地走了。她说得对：连我自己死在哪儿还不知道呢，又怎么能保全母子俩！

王粲有篇《登楼赋》最有名，那是他在荆州时写下的。他去投奔刘表，因其貌不扬，不受重用。他满腹牢骚，登楼眺望，见到"华实蔽野，黍稷盈畴"，于是想到自己的故乡，又感叹自己怀才不遇，顿时觉得秋风萧瑟，天色昏暗。全文就在一片惨淡忧伤的气氛里结束。——后人还把他的事迹编成戏曲，就叫《王粲登楼》。

建安诗人们大都继承了乐府民歌的传统，其作品内容实在，感情真切，语言质朴。不少诗歌是采用乐府的旧题，抒写了新的时代内容。又由于这一时期时势动乱，因而诗文作品大都显现出苍劲刚健的特色来，后人称之为"建安风骨"。

文姬归汉抒悲愤

别以为建安文坛只是男人的舞台，其中还有一位很有名的女诗人，名叫蔡琰（约178—？），字文姬，是大学者蔡邕的女儿。

蔡邕是汉末极有名的学者，又是出色的书法家，只是政治上有点儿糊涂。他听说董卓死了，便掉了几滴眼泪，最终被人以"怀卓"的罪名杀掉了。

文姬自幼虽是女孩儿家，却喜欢文学和音律。汉末天下大乱，董卓占据洛阳，文姬在混乱中被匈奴的兵马掳去，被迫嫁给左贤王，在那边一住就是十二年，还生了两个儿子。

曹操很关心这个学者的女儿，建安年间派使者把她赎回。文姬归汉后，用心整理父亲的遗著，自己也写了一些诗歌。

有一首《胡笳十八拍》，是琴曲歌词，共十八段。诗中抒写自己的人生遭遇，哀婉动人。不过也有人认为这是后人的伪托之作。

另有一首五言体的《悲愤诗》，长一百零八句，是文学史上第一首由文人创作的五言长篇叙事诗，跟乐府《孔雀东南飞》合称建安长篇叙事诗的"双璧"。

诗人在诗中自叙坎坷遭遇，描述了董卓作乱时"斩截无孑（jié）遗，尸骸相撑拒。马边悬男头，马后载妇女"的情景——人被杀光了，尸体杂乱地堆积着；兽兵们马前挂着男人头颅，马后载着抢来的妇女。那些妇女中，就有诗人自己啊！

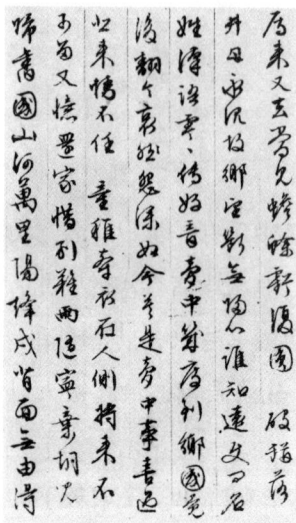

明人书蔡琰诗

在异域，文姬日夜思念家乡。可是临到要回国，她却又舍不得孩子。儿子抱着娘的脖子哭喊，一同被虏的人羡慕文姬的好运气，也都哭得撕心裂肺。

直至回到中原，她的心仍得不到安宁。全诗写出乱世中一位知识女性的痛苦，也写出整个时代的哀痛。这种情感，跟"三曹""七子"所反映的时代面貌是一致的。

诸葛亮："万古云霄一羽毛"

沛沛挺有感触："建安时期真是文学上的伟大时代，不过很奇怪，怎么魏、蜀、吴三国当中，文学家全都出在魏国呢？"

爷爷说："蜀、吴当然也有。蜀国有个文学家你一定很熟悉，就是那位足智多谋的诸葛亮。

"诸葛亮（181—234）字孔明，其实也是中原人。他年轻时即胸怀大志，自比古代有名的将相管仲、乐毅。他先后辅佐蜀汉两代君主刘备和刘禅，力图恢复中原，可到底没能成功，最终病死在军中。

"诸葛亮之死，实践了他在《出师表》中写下的誓言。前后《出师表》是他写给后主刘禅的奏章，在文中，他分析了天下形势，又对那位不谙政事的年轻皇帝诚恳地提出建议和希望，同时表达了恢复中原的决心。

"在《后出师表》的结尾处，有两句誓言格外有名，便是'鞠躬尽力，死而后已'！—— 一位老臣对事业的忠诚，全都熔铸在这八个字里！

"诸葛亮有一篇《诫子书》，是写给儿子的。中间有这样几句话：'夫君子之行，静以修身，俭以养德。非淡泊无以明志，非宁静无以致远。'其中两句被人归纳为"淡泊明志，宁静致远"，成为许多人的座右铭。

"如今的四川成都，还保存着一座武侯祠，那是后人为纪念这位忠臣贤相修建的。匾额上题有杜甫的赞辞'万古云霄一羽毛'——在杜甫看来，诸葛亮就是那历史天空中振翅高飞、令人景仰的一只苍鹰啊！"

岳飞书诸葛亮《前出师表》拓片（局部）

第 **13** 天

『竹林七贤』与太康诗人

竹林七贤是哪几位

"昨天说到汉末的'建安七子'，巧了，到了曹魏末年，文坛上又出现七位名士，人称'竹林七贤'。"爷爷手摇大蒲扇，不紧不慢地说道，"这一派的文学风貌叫'正始体'，正始（240—249）是曹魏第三代皇帝曹芳的年号。到了西晋太康年间（280—289），又有一种诗风兴盛起来，称'太康体'。正始文学夹在建安和太康中间，起着承上启下的作用。"

沛沛说："我听说过竹林七贤，有阮籍、嵇康，还有……"

爷爷笑着肯定说："这两位确实是竹林七贤的主心骨，另外还有山涛、向秀、刘伶、阮咸和王戎。这七位交往密切，都好读老庄的书，在山阳的竹林中高谈阔论的，'竹林七贤'是人们送他们的雅号。

"其实这七人也并非铁板一块。其中嵇康、阮籍、刘伶向往自然，反对名教，跟统治者格格不入，文学成就也高；山涛和王戎却偏重儒术，后来都当了大官儿，嘴巴上能说一套，笔底下却没什么功夫。正因为这，七贤中后来产生了裂痕。——不过这是后话，还是走近看看吧。"

《"竹林七贤"与荣启期》砖画，荣启期是与孔子同时的隐士

借酒消愁阮步兵

先说说阮籍（210—263）吧，建安七子中有个阮瑀，那就是阮籍的爹，不过阮籍三岁时，阮瑀就去世了。阮籍家境贫寒，全仗着勤学而成才。他投身政治时，曹家的政权实际已被司马氏篡夺。阮籍心中对司马氏不满，又不敢表露出来，只好整天装聋作哑，要不就喝得烂醉如泥，来个明哲保身。

阮籍好喝酒是出了名的。他听说步兵营有人擅长酿酒，还存着三百瓶老酿，就请求去当步兵校尉——所以后人称他"阮步兵"。

司马昭想跟阮籍结为儿女亲家。阮籍心里不乐意，嘴上又不

阮籍

好说，便拼命喝酒，一连醉了六十多天。司马昭没机会提亲，只好作罢。可见阮籍好喝酒常常是另有目的。有时司马氏要探听他对时事的看法，他就故意东拉西扯，说些不着边际的话，但对当前人物，却闭口不提一个字，不让对方抓住小辫子。

当然，他并不是油滑的人，他心里的是非观念很鲜明。据说他善做"青白眼"：对朋友用黑眼珠看；见了口谈名教的讨厌家伙，就用白眼珠去瞪对方，因此也得罪不少人。

阮籍生活在这样的环境里，心情十分压抑。他曾登上广武城楼，纵览当年楚汉相争的古战场，感叹说："时无英雄，遂使竖子成名！"（当时没有真英雄，才让那小子成了大名！）——这里的"竖子"是指楚汉战争的赢家刘邦，同时也捎带着骂当下掌权的司马氏呐！

有时候，他独自乘一辆车子，离开大路，任马儿随意走去。走到没路的地方，他便大哭着返回来。他心中的痛苦，就这样来发泄。

另一个发泄的途径就是作诗。阮籍的五言诗成就最高。他有一组《咏怀》诗，共有八十二首，应该不是一时写成的。大部分是感叹身世的内容，也有讥刺时事的，但写得很隐讳。看看这首

《驾言发魏都》：

> 驾言发魏都，南向望吹台。
> 箫管有遗音，梁王安在哉！
> 战士食糟糠，贤者处蒿莱。
> 歌舞曲未终，秦兵已复来。
> 夹林非吾有，朱宫生尘埃。
> 军败华阳下，身竟为土灰。
>
> （《咏怀》第三十一）

诗人借战国时魏王婴不用贤才，终于身死名裂的历史，讽刺曹魏统治者的腐败与昏庸。开篇四句便说魏王（即梁王）的车驾从魏都出发，前往吹台听歌看舞。至今仍流传着当年的乐曲，可魏王又在哪儿？

魏国为秦所灭，就因魏王只顾享乐，却教"战士食糟糠，贤者处蒿莱"——这也正是诗人所处时代的写照啊！

阮籍的五言诗风格浑朴洒脱，诗句随着感情流出，不做刻意的雕琢。在阮籍手里，五言诗更加文人化了。

阮籍讽"君子"，刘伶颂"酒德"

《大人先生传》是阮籍的散文名作。文中虚构一位超世绝俗的大人先生，跟虚伪的礼法君子辩论。大人先生有个生动的比喻，说你们见过裤裆里的虱子吧？它们逃在裤缝里，藏在破棉花中，还以为找着风水宝地了呢。一举一动不敢离开裤裆一步，以为自己守着什么规范。饿了就咬人，又认为有享用不尽的美味。可等到南方的热浪袭来，城市都给烤焦了。成群的虱子只好死在裤子里，出都出不来！你们这些"君子"活在世上，跟虱子待在裤裆里有什么两样！——阮籍骂得真痛快。这种寓言式的论辩，显然是受了《庄子》的影响。

对了，竹林七贤中的阮咸是阮籍的侄子，叔侄俩号称"大小阮"。阮家都好喝酒，有时一大家子聚饮，干脆不用酒杯，大家围坐在大酒盆旁，低头猛喝。过来一群猪，跟着一块狂饮，也没人轰赶。——轰赶就算不得"名士"啦！

七贤中的刘伶（约221—300）也好喝酒，曾写过一篇《酒德颂》，借一位贪杯好酒的"大人先生"之口，称说饮酒的妙处，并对礼法之士表示了极大蔑视。

生活中的刘伶也是个酒徒。相传他常常乘一辆鹿车，带上一壶酒，让仆人扛着铲子跟在车后，吩咐说：我什么时候喝死了，把我就地挖坑埋掉算了！——他真称得上是酒鬼的祖师爷了！由此也可见他心中的苦闷。

嵇康为啥与山涛绝交

七贤中的嵇康（224—263）与阮籍齐名。相传嵇康相貌堂堂，身材高大，却不喜欢修饰打扮。有人形容他站立时像一棵独立挺拔的青松，喝醉了又如"玉山之将崩"。

嵇康年轻时迎娶曹操的曾孙女，官拜中散大夫，因而又有

"嵇中散"之称。只是后来司马氏掌权，嵇康不愿跟他们合作，便退隐林下。

嵇康有一门打铁的手艺——只是个爱好，并不靠这个吃饭。有位贵公子叫钟会，很想跟他攀交情，便带了一群附庸风雅的家伙前去拜访他。

这天嵇康正在大柳树下打铁，好友向秀给他拉着风箱。见钟会一帮人来了，嵇康连个招呼也不打，仍然不紧不慢地抡着锤子。钟会自讨没趣，刚要离开，嵇康发问道："何所闻而来，何所见而去？"（你听到什么就来了，又见到什么而离开呢？）钟会打着名士腔回答："闻所闻而来，见所见而去。"（我听到我听到的就来了，看见我看见的就要离开。）嘴上这么不痛不痒地说着，心里却恨得要命，后来到底找机会在司马昭面前说了嵇康的坏话，司马昭由此起了杀心。

嵇康对待钟会还算客气，对山涛可就不留情面了。山涛（205—283）字巨源，也是竹林七贤之一。他们本是一同隐居的好友，可山涛耐不住寂寞，出山做了大官儿。在升任之际，还推荐嵇康代替他的位子。嵇康不愿替司马氏效力，于是写了那封有

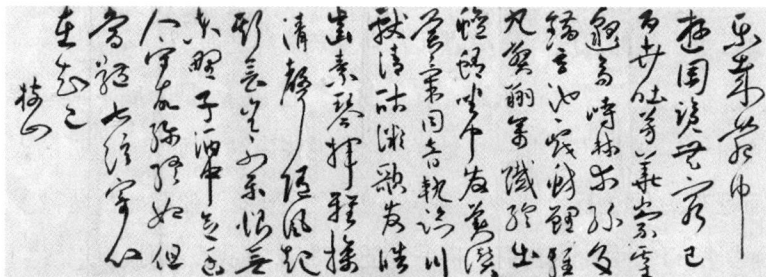

明人书嵇康《酒会诗》

名的书信《与山巨源绝交书》。

稽康在书中指责山涛跟当权者同流合污，又述说了自己的刚直性格和古怪脾气，强调说，做官对于自己有七种不能忍受之处，又有两种不可超越的障碍——也就是"必不堪者七"和"甚不可者二"。

"七不堪"中包括喜欢睡懒觉，受不了守门差役的呼唤，爱抱着琴边走边唱或在草野间射鸟垂钓，不乐意老有卫兵守着，又说身上虱子多，痒起来搔个没完，总要衣冠齐整地拜见长官可受不了，等等。这些理由，无不含着讽刺意味。

"二不可"就更触犯统治者。他说自己说话随便，经常抨击商汤周武，还看不起周公、孔子，这显然是礼教不能容忍的。又说自己脾气刚直，疾恶如仇，火暴性子一点就着，这种性格怎么能跟你们混在一起？

在书信末尾，稽康讽刺山涛说：有个农夫觉得太阳晒脊梁很舒服，就把这办法献给皇上。——你可别学这个农夫的样儿。言外之意是说，你觉着做官儿是件了不起的美事，我还不稀罕呢！

《与山巨源绝交书》嬉笑怒骂，不拘章法，把讽刺发挥得淋漓尽致。这封"公开信"表面上是骂山涛，实则是向司马氏表明自己不合作的态度。——这也为他引来杀身之祸。

稽康还是位大音乐家。有一曲《广陵散》，是天底下最动听的曲子，可惜只有他一个人会弹。据说稽康被杀那天，远近的人都赶来为他送行。他神情自若，要了一张琴，弹起《广陵散》。弹罢叹口气说：当初有人向我学这支曲子，我没教他。唉，《广陵散》今天算是绝响啦！说罢从容就义，死时只有四十岁。

陆才如海，潘才如江

司马氏取代曹魏建立西晋，文学的风气又有了新的变化。这时的诗歌讲究形式的华美，内容上则因模仿古人而跟现实脱了节。文学史上称这一时期的诗风为"太康体"。

简要地说，太康时期的作家有三张、二陆、两潘、一左。"三张"指张载、张协、张亢三兄弟，"二陆"指陆机、陆云哥儿俩，"两潘"指潘岳、潘尼叔侄，"一左"是左思。太康诗风的主要代表人物是陆机和潘岳。左思则独树一帜，创造了西晋文学的最高成就。

陆机（261—303）兄弟是将门之后，他们的爷爷就是三国时火烧刘备大军的东吴名将陆逊。陆机十四岁就能带兵打仗。后来晋灭东吴，陆机兄弟闭门读书，不久又去了洛阳。

洛阳有位文学权威叫张华（232—300），非常赏识陆家兄弟，说：我们这回灭掉东吴，最大的收获就是得到两位文学俊杰！张华这么一宣扬，陆氏兄弟顿时身价倍增，京师甚至流传着"二陆入洛，三张减价"的说法。

陆机作诗注重写诗的技巧，追求一种典雅的风

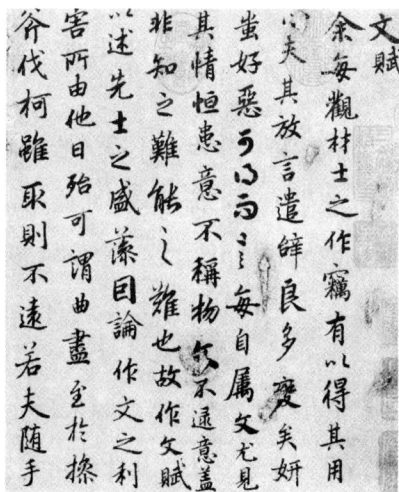

唐人书陆机《文赋》（局部）

格。他的一首《招隐诗》，是太康文学的典型作品。

陆机有一篇《文赋》很引人注意。它以赋的形式讨论文学理论问题，是一种创新。赋中系统论述了文学的创作过程以及灵感、文体、声律等问题，后来的文学批评家，从中得到不少启发。——陆机多才多艺，书法也很有名，有一幅章草的《平复帖》，一直流传至今，是书法中的珍品。

潘岳（247—300）字安仁，跟陆机同处一个时代，才气不相上下，因而流传着"陆才如海，潘才如江"的说法。潘岳有三首《悼亡》诗，写得真挚感人，那是他为悼念死去的妻子写的。——"悼亡"的原意是悼念死者，自潘岳以后，又专指悼念亡妻。

相传潘岳小伙儿长得很漂亮，出门时常有女"粉丝"追着往他车里扔水果。——后世小说、戏曲夸奖一个人才貌双全，就常说"才过屈宋，貌比潘安"。

左思咏青史，豪右何足陈

太康诗人中唯一不搞"唯美主义"的是左思。

左思（约250—305）跟潘岳正相反，其貌不扬，说话吭吭唧唧。他见潘岳出行受人追捧，也乘坐车子招摇过市，结果一群老妇人围着他的车子啐唾沫，弄得他垂头丧气，再也不肯出门。

他年轻时学书法，练兵器，可没一样学成的。他爹瞧不起他，说是你这两下子，还不如我年轻时呢！左思被爹爹这么一激，反而来了劲头，从此专功文学，终于成了大家。

有八首《咏史》诗，是左思的代表作。——"咏史"就是吟咏历史上的人和事，多半带有感伤的情绪，有着借古讽今的意味。譬如那首《郁郁涧底松》，就是针对当时的门阀制度写的：

> 郁郁涧底松，离离山上苗。
>
> 以彼径寸茎，荫此百尺条。
>
> 世胄蹑高位，英俊沉下僚。
>
> 地势使之然，由来非一朝。
>
> 金张藉旧业，七叶珥汉貂。
>
> 冯公岂不伟，白首不见招。

诗中提到几辈汉代古人：金、张家族〔金日磾（Mìdī）、张世安都是汉宣帝时的高官〕凭借贵族身份，世代做高官；可是才能过人的冯唐，却因出身平民，一辈子得不到升迁！这全是"上品无寒门，下品无世族"的不合理制度造成的！

左思还在诗的开头打了个形象的比方：郁郁苍苍的百尺青松，就因为长在涧底，反被山头上寸把粗细、枝弯叶垂的树苗遮蔽着。这多像那些庸才凭借门第势力，压在有本领的寒士头上！——读者不难从诗中感受到作者的激愤，也更能体会出世道的不平！

另一首《咏史》诗是歌颂荆轲、高渐离的。这二位也都是贫寒出身，却都出类拔萃：

> 荆轲饮燕市，酒酣气益震。
>
> 哀歌和渐离，谓若傍无人。

虽无壮士节，与世亦殊伦。

高眄（miǎn）邈四海，豪右何足陈。

贵者虽自贵，视之若埃尘。

贱者虽自贱，重之若千钧。

我们讲《史记》时说过，荆轲是战国时的勇士，受燕太子丹之托刺杀秦王，并为此献身。他曾在燕市结交了琴师高渐离和一位杀狗的屠户，三人每日高歌狂饮。荆轲死后，高渐离替他报仇，也死在秦庭。左思吟咏的，便是这两位贫民出身的壮士。

诗人在这里提出两种尊严：贵族们自认为地位高贵，可是在诗人眼里，他们却尘土不如；荆、高地位微贱，他们的价值却有千钧重！可以说，左思的见识，远远超越了他的时代。

从诗的风格看，左思与陆、潘也大不相同，悲凉慷慨，与建安诗风接近。有人称之为"左思风力"。

纸贵洛阳《三都赋》

"左思还有一篇《三都赋》，名气很大。"爷爷接着说："'三都'是指蜀都益州、吴都建业和魏都相州。赋中借西蜀公子、东吴王孙和魏国先生之口，各自夸说本国都城的繁华宏大。虽然这是汉赋的老套子，跟班固的《两都赋》、张衡的《二京赋》没什么两样，但左思注重现实内容，赋中反映了当年都市的真实面貌，因而自有价值。

"说起左思的《三都赋》来，还有个典故呢。据说这篇赋整整写了十年。为了写好它，左思还特意请求当秘书郎，好能看到更多的图书资料。平时，他家的居室、庭院甚至厕所里都搁着纸笔，想到一个好句子，别管在哪儿，马上记下来。

"赋写成了，当时的文学名流皇甫谧（mì）为它写序，张载、刘逵为它作注，曾经提携陆机的张华也赞叹不已。《三都赋》一时名声大震，洛阳的豪贵之家都争相传抄，弄得纸价飞涨——'洛阳纸贵'这个典故就是打这儿来的。

"当年陆机初到洛阳，也想写这样一篇赋。后来听说左思要写，就拍着巴掌对陆云说：听说有个乡巴佬要作《三都赋》，好啊，等写好了，正好拿来盖我的酒坛子！——如今左思的赋写出来了，陆机读了，打心眼儿里佩服，自己那篇也就搁笔不写啦！"

第 14 天

「五柳先生」陶渊明

五柳先生陶渊明

天真热，爷爷不停扇着扇子。沛沛发现今天爷爷拿的是一把折扇，扇面上画着个长袍宽袖的文人，手里拈着一束菊花，正在悠闲地看着远山，身边是一带篱笆，开满黄灿灿的菊花。沛沛辨认着扇子上的题字："'采菊东篱下，悠然见南山'——这位是陶渊明吧？"

爷爷说："正是陶渊明。从战国的屈原到唐代的李白、杜甫，这中间的一千年里，陶渊明差不多是最伟大的诗人啦。有篇《五柳先生传》，不知你读过没有：

先生不知何许人也，亦不详其姓字。宅边有五柳树，因以为号焉。闲静少言，不慕荣利。好读书，不求甚解；每有会意，便欣然忘食。性嗜酒，家贫，不能常得。亲旧知其如此，或置酒而招之。造饮辄尽，期在必醉，既醉而退，曾不吝情去留。环堵萧然，不蔽风日。短褐穿结，箪瓢屡空，晏如也。常著文章自娱，颇示己志。忘怀得失，以此自终……

这篇传记挺有意思，不说传主叫什么名字，是哪里人，实在超脱得很！——其实'五柳先生'就是陶渊明自己，这是他自己给自己写传呢！"

不愿"折腰"，宁可"归去"

陶渊明（约365—427）字元亮，一说名潜，字渊明。后世又称他为"靖节先生"。他的曾祖父陶侃（kǎn）做过晋代的大司马，战功卓著，但由于出身寒族，仍被贵族们看不起。陶渊明父祖也当过官儿，不过到他这儿，家世衰微。正如他在《五柳先生传》里说的，他家四壁空空，挡不住风又遮不住日，粗布短衣补了又补，饭篮和酒瓢也常常底儿朝天。

陶渊明的超脱是谁也比不了的。他喜欢读书，读得高兴，就什么都忘了。还常常写点儿文章自我欣赏，用来抒发自己的抱负。什么世俗的得啊失啊，全不放在心上。

当然，吃饭的问题总得解决。陶渊明一生也当过几任官，但时间不长。他是个自在惯了的人，受不了那份拘束。譬如他做彭泽县令时，有一回郡里派官员下来视察，

陶渊明

县吏告诉他，得系好腰带、衣帽整齐地去迎接。他恼了，说："我岂能为五斗米折腰向乡里小儿！"——我哪能为那五斗米的薪水，向乡下小子弯腰行礼呢！于是他当天就交还官印，回乡种田去了。

陶渊明有一篇非常有名的辞赋叫《归去来兮辞》，表达了他厌倦官场、向往田园的情思，大概就是这回辞官后写的。文章一开头就说：

> 归去来兮，田园将芜胡不归！
> 既自以心为形役，奚惆怅而独悲？
> 悟已往之不谏，知来者之可追。
> 实迷途其未远，觉今是而昨非。

"归去来"的"来"是虚词。这是陶渊明劝自己呢：回去吧，田园都荒芜了，为什么还不回去呢！既然为了养身糊口，让心受了

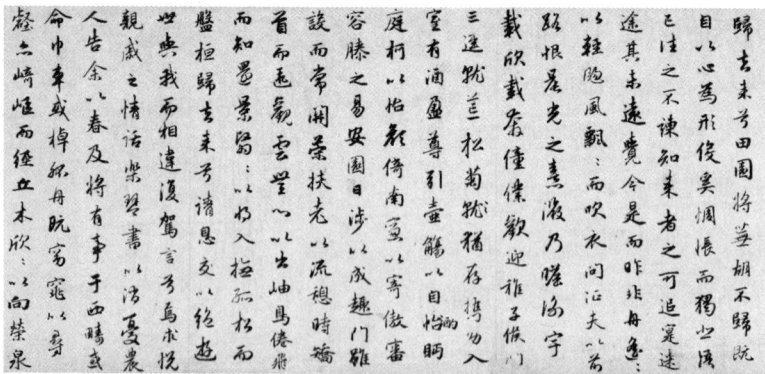

赵孟𫖯书《归去来兮辞》（局部）

委屈，干吗还要独自惆怅伤悲啊？如今算是知道了，过去的事不可挽回，今后却还可以补救。既然认识到昨天错了，今天才找到正道儿，就走下去吧，好在弯路走得还不算远！

做了这番反省之后，诗人接着又写了一路归去时的兴奋急迫，以及到家后的舒心惬意——或是饮酒，或是游逛，或是读书弹琴，或是跟亲人聊天，享受天伦之乐；农忙时则亲自到田里去锄草培土，生活是那么自然和畅！

"云无心以出岫（xiù），鸟倦飞而知还"，这哪里是写云写鸟，分明是写他那颗热爱自由、向往自然的心啊！

种豆南山下，但使愿无违

就这么着，陶渊明脱离了尔虞我诈的官场，过起田园生活。他有《归园田居》五首，其中第一首这样描写乡村的生活：

············

方宅十余亩，草屋八九间。

榆柳荫后檐，桃李罗堂前。

暧（ài）暧远人村，依依墟里烟。

狗吠深巷中，鸡鸣桑树颠。

户庭无尘杂，虚室有余闲。

久在樊笼里，复得返自然。

诗人选取了乡村里最迷人的景致放到诗中：一带草屋，屋后是浓郁茂密的榆柳，房前是明艳照人的桃李。远方的村落若隐若现，轻柔的烟霭袅袅升起。狗不知在哪条深巷里吠叫，鸡飞上桑树引吭高歌……诗人悠然自得地生活在这闲暇恬静的气氛中，再没有尘俗杂事来打扰他。多像是久在笼子里的鸟，重又飞回到大自然里去！

诗人不但能从平凡的乡居生活里发现美，而且能用自然恬淡的语言把美的意境表达出来。——只有从一颗深深爱恋着田园生活的心里，才能流淌出如此美好、自然的诗句来！

诗人跟劳动者的关系也越来越密切，"时复墟曲中，披草共来往。相见无杂言，但道桑麻长（zhǎng）"。他还常常亲自下田劳作，听听《归园田居》的第三首：

> 种豆南山下，草盛豆苗稀。
>
> 晨兴理荒秽，带月荷锄归。
>
> 道狭草木长，夕露沾我衣。
>
> 衣沾不足惜，但使愿无违。

田间的劳作是辛苦的，需要早出晚归。扛着锄头走在草野的小路上，晚上的露水把衣服都打湿了。没有亲身体验过的人，这样的细节是写不出来的。

采菊东篱下，欲辨已忘言

陶渊明的生活，似乎跟农夫没有什么差别了。可是他的情

趣，还是文人的。陶渊明喜
欢喝酒，当彭泽令时，县里
有三顷官田，他全让人种上
酿酒的秫米，经妻子力争，
才拨出五十亩来种上粳米。
每到酒酿熟了，他等不及拿
滤酒的工具，随手摘下头
上的葛巾，过滤畅饮。饮
毕，就那么湿漉漉地戴在头
上。由此留下"葛巾漉酒"
的典故。

　　陶渊明有《饮酒》诗
二十首，大多是乘着酒兴写
下的。其中第五首最有名：

竹篱菊花（齐白石绘）

　　　　结庐在人境，而无车马喧。
　　　　问君何能尔？心远地自偏。
　　　　采菊东篱下，悠然见南山。
　　　　山气日夕佳，飞鸟相与还。
　　　　此中有真意，欲辨已忘言。

在车马喧闹的人境居住，却可以不受打扰，这全是心摆脱了世俗
纠缠的缘故。——"采菊东篱下，悠然见南山"的名句，就出在
这一首。这可真是神仙都羡慕的日子！待到夕阳西下，山色更

美，飞鸟结伴飞回山林。这里面大有意趣，但又何必深究呢，这本来也是无须说出口的！

一切都是那样漫不经意，恬静悠然。诗人的心远远离开了车马纷扰的世俗世界，进入一种超然物外、难以言状的境界。诗就是这么几句，并没有什么深奥之处，可是从那简淡闲远的意境中，我们却体会到无穷的意味！

陶渊明不大懂得乐理，身边却总放着一张琴——一张没弦的琴。酒喝到高兴的时候，就取过琴来，手在上面比画着弹弄一番。虽然没有声音，可他心里一定是在唱着呢！

也有金刚怒目时

陶渊明归田后不久，家里遭了一场大火，屋子全烧光了。这以后，他全力耕种，仍不免饥一顿饱一顿，甚至由于饥饿的驱使，竟至敲开陌生人家的门，向人乞讨，还要把这事写进诗里，并不觉得丢人。

贫困没能让诗人放弃操守。江州刺史王弘想认识诗人，诗人却懒得跟当官儿的打交道。一次王弘听说诗人要去庐山，就拐弯抹角托诗人的朋友拦住他，在路边亭子里摆酒畅饮。正喝着，王弘出现了，像是偶然遇上的样子。诗人也就不再拒绝。

王弘见诗人脚上连双像样的鞋子都没有，就让人给他量脚做鞋。他也不推辞，把沾着泥巴的脚丫儿一抬，让人替他量尺码——他就是这么禀性率真、不拘小节！

颜延之是诗人的朋友，常到他家喝酒。有一次临走时留下二万钱，陶渊明索性全都送到酒家，以后随去随饮，免去沽取交易的麻烦。

以后又有个叫檀道济的官员来看他，请他出山做官，还给他带来米和肉。他却一口拒绝，礼物也不肯收，挥手要他拿走。

从陶渊明的爽直和耿介里，我们已经看出，他的性格中不只有平和恬淡的一面，还有"金刚怒目"的一面。他在《杂诗》之五中说：

> 忆我少壮时，无乐自欣豫。
>
> 猛志逸四海，骞（qiān）翮（hé）思远翥（zhù）。

原来青年时代的陶渊明也做过鲲鹏展翅的梦。可是他生在晋末乱世，理想难以实现，又不愿与世俗同流合污，便只好在田园诗酒里寻求乐趣了。那埋藏心底的壮志雄心，也只有在《咏荆轲》那样的诗篇里，在"雄发指危冠，猛气冲长缨""凌厉越万里，逶迤过千城"的诗句中，才显露出只鳞片爪！

桃花源里好种田

陶渊明的散文以《桃花源记》最有名。这本来是《桃花源诗》的题记，可是流传到后来，"记"反倒比"诗"更有名气。

《桃花源记》写东晋时有个武陵渔夫沿溪行船，"忽逢桃花林，夹岸数百步，中无杂树，芳草鲜美，落英缤纷"。船到源头，有座小山。渔夫舍舟登岸，从一个狭小的山洞钻进去，走了几十步，忽然眼前一亮，原来那里竟有一个崭新的世界。但见：

> 土地平旷，屋舍俨然，有良田美池桑竹之属。阡陌交通，鸡犬相闻。其中往来种作，男女衣著，悉如外人。黄发垂髫（tiáo），并怡然自乐。

这里的人见了渔人，都非常惊讶，争着来问外界消息，还纷纷请他来家里，设酒杀鸡招待他。原来，这些人的祖辈因躲避秦时的战乱，逃到这个与世隔绝的地方，渐渐形成一个独立的小社会。当谈起外面的情形，"乃不知有汉，无论魏晋"。渔夫离开时，桃源中人再三叮嘱他"不足为外人道也"——后来又有人去寻找这个世外桃源，却怎么也找不到。

明人仇英绘《桃源仙境图》（局部）

　　《桃花源记》描绘了一幅理想社会的美妙画图。那里安宁、富庶、和乐。人们从容地参加农业劳作，自耕自食，没有官吏的压迫，也没有战争的侵扰。这大概正是封建乱世里农民所渴求的乐土吧。这片乐土，也正是陶渊明在他的田园诗里多次描写过的，是他所向往着的。

　　《桃花源记》虽然只有三百字，却写得曲折有致。文字又是那么简洁朴素。虽说是散文，却充满诗意；明明是想象，却又写得真实如见，因而成为脍炙人口的名篇。

最早的田园诗人

　　天上的星星越来越亮，白天的热气也渐渐消散。爷爷把手里的折扇摇了几下，"哗"地一收，说："从根儿上讲，陶渊明仍是儒家。他蔑视权贵，对平民百姓却十分尊重。外出做官时，怕儿子不会持家，便派了个仆人回去帮忙，同时捎信叮嘱儿子：'此亦人子也，可善遇之！'（这也是人家的孩子，你可要善待人家啊！）——无论贵贱贫富，谁家父母不心疼自家孩子？在那个等级森严的时代，陶渊明能有这样的平等意识，实在难能可贵！

　　"陶渊明活了六十几岁，临死还不忘作诗。他为自己写了三首《挽歌诗》，其中有一首说：

　　　　荒草何茫茫，白杨亦萧萧。
　　　　严霜九月中，送我出远郊。
　　　　四面无人居，高坟正嶕峣（jiāoyáo）。

马为仰天鸣，风为自萧条。

幽室一已闭，千年不复朝。

千年不复朝，贤达无奈何。

向来相送人，各自还其家；

亲戚或余悲，他人亦已歌。

死去何所道，托体同山阿。

这是诗人想象着别人为自己送葬的情景：墓室一旦封闭，就再也没有重见天日的时候。不过对待生死，诗人倒是十分洒脱。他知道，送葬的人群一散，死者在这个世界上的影响也就完结了。也许亲人还要伤心一阵子，可不相干的人早已唱起歌来。自己把躯壳交给山陵大地，还有什么可说的呢！

"然而，陶渊明的影响并没有就此完结。他的伟大，是逐渐被人认识的。活着的时候，他一直穷困潦倒，他的诗自然也不被人看重。他那种平淡自然的风格，跟当时文坛上盛行的富艳文风格格不入，以致百年以后，文学批评家钟嵘写《诗品》时，只把陶渊明的诗歌列为中品。

"从唐代起，人们才认识到陶诗的价值。李白、杜甫、白居易、王维、孟浩然、韩愈、柳宗元，以及宋代的苏轼、黄庭坚、陆游、辛弃疾……全都成了陶渊明的'粉丝'。苏轼被流放到海南后，每天都要读陶诗，还陆续写了一百二十首'和陶诗'，也就是步陶诗的韵脚作诗，借以表达对这位大诗人的钦慕之情。

重庆酉阳桃花源景区的陶公祠

"自从苏轼开了头，写'和陶诗'成了风气。苏轼的弟弟苏辙以及宋代的李纲、吴芾、王质、陈造、朱熹，连同金代的赵秉文，元代的郝经、刘因、方回、王恽……也都纷纷写起'和陶诗'来。这一现象，在整个中国诗歌史上，都是空前绝后的呢。

"陶渊明还是第一个把田园生活写进诗中的文人。从他的田园诗里，可以看出他对生活和大自然爱得那样深沉，那样真挚。"

爷爷沉默了一会，慢慢眯起眼睛，轻声吟道：

孟夏草木长，绕屋树扶疏。

众鸟欣有托，吾亦爱吾庐。

既耕亦已种，时还读我书。

穷巷隔深辙，颇回故人车。

欢言酌春酒，摘我园中蔬。

微雨从东来，好风与之俱。

泛览周王传，流观山海图。

俯仰终宇宙，不乐复何如？

（《读山海经》）

沛沛静静地听着，虽然有些词句似懂非懂，可是沉浸在这和谐恬淡的氛围中，他领略到一种流动悠远的音乐之美……

第 15 天

南北朝文坛

六朝诗文分南北

"陶渊明生活的年代，已属于六朝时期。"爷爷一上来就说，"怎么叫六朝呢？那时建都在建康（今江苏南京）的政权先后有六个：东吴、东晋、宋、齐、梁、陈。这是南方的情形。北方呢，刚好也经历了六个朝代：先是曹魏、西晋，之后又有后魏、北齐、北周，最终由隋统一天下。人们于是把这一时期泛称'六朝'。"

沛沛问："南北朝又是指哪一段？"

爷爷说："南北朝跟六朝有重叠，是指东晋结束后至隋朝统一前的那段历史。其中南朝是指接续东晋的宋、齐、梁、陈，北朝则指后魏、北齐、北周——这一分裂局面，长达二百年之久！

"时间一长，南北文风也产生了差异。总的说来，南朝的文脉更深厚，涌现的文学家也更多。知名的就有谢灵运、谢朓（tiǎo）、鲍照、沈约、江淹、孔稚珪、丘迟、吴均、徐陵、阴铿（kēng）等等。

"北朝的文学家，最有名的是王褒、庾信，这两位本来也都

南朝贵族墓地的护墓神兽

是南方文士，流落到北方去的。此外，一些北方学者，如《水经注》的作者郦道元、《颜氏家训》的作者颜之推、《魏书》的作者魏收，也都各有特色。

"这么多作者，不能一一细说，我们就拣重要的几位介绍。先来看南朝的大谢、小谢吧。"

谢灵运：山灵水韵入诗行

南朝第一位大诗人要数谢灵运（385—433）。他比陶渊明略晚，但两人却生活在两重天地里。

谢灵运小名"客儿"，又称"谢客"。他的祖父谢玄是东晋大贵族，谢灵运承袭爵位，十八岁就被封为康乐公，人称"谢康乐"。他的诗名极高，每写一首诗，都市中无论贵贱，都争着传抄，一宿的工夫，已是家传户诵了。

东晋被刘宋政权取代，谢灵运也由公爵降为侯爵。他心中不平，就整天游山逛水，不理政事。后来干脆辞官回家，仗着祖上留下的丰厚产业，凿山挖湖，大建别墅，没有一天消停。为了游山方便，他还设计了一种登山木屐（jī），上山时去掉前齿，下山时去掉后跟，很是稳便实用。唐代李白有诗句"脚踏谢公屐，身登青云梯"，用的便是这个典故。

谢灵运又是中国文坛上第一位大量创作山水诗的诗人。他的诗能够逼真细致地刻画自然景物，反映山水之美。江南的明山秀水，在他的诗歌里显得分外娇媚。看看这些诗句："林壑敛暝色，云霞收夕霏""野旷沙岸净，天高秋月明""明月照积雪，朔风劲且哀""春晚绿野秀，岩高白云屯"等，都给人留下画儿一般的印象。

谢灵运自己最得意的一句诗是"池塘生春草，园柳变鸣禽"（变鸣禽：指随着季节变化，鸣禽换了种类），这一联抓住春天的景物特色，对仗工稳，自然如话。据诗人讲，那回他苦思一天也没写出佳句，打个盹儿，梦见神人指点，才写出这两句的——这当然是有点儿吹牛啦！

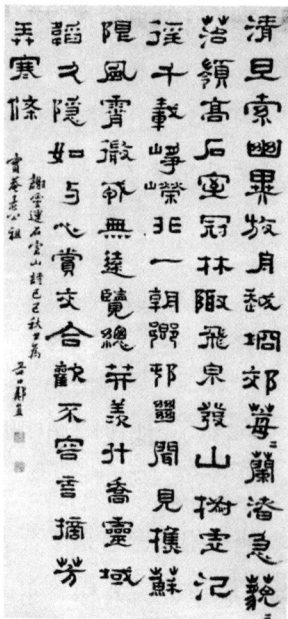

清人书谢灵运诗

小谢诗：三日不读，便觉口臭

谢灵运辞世三十多年，江南谢氏家族又诞生了一位诗人——谢朓（464—499）。谢朓与谢灵运同族，为了区别，人们称谢灵运为"大谢"，谢朓为"小谢"。小谢曾任宣城太守，所以又称"谢宣城"。

谢朓受谢灵运的影响，也擅长写山水诗。只不过诗的风格更为清新流丽，玄言的成分也不见了。看看这首《晚登三山还望京邑》：

> 灞涘（sì）望长安，河阳视京县。
> 白日丽飞甍（méng），参差皆可见。
> 余霞散成绮，澄江静如练。
> 喧鸟覆春洲，杂英满芳甸。
> …………

这是谢朓登山纵览长江春景，并回顾金陵所作。头二句用典，以古都长安、洛阳喻京师金陵。接着是眼下所见：夕阳照耀在京城飞甍的殿檐上，高低错落，如在目前。天空的彩霞铺展开来，多像五彩锦缎；清澄的长江波浪不起，就像一匹白练，蜿蜒展开。江中绿洲上满是喧叫的鸟儿，各色野花也开遍了芳草萋萋的郊野……

诗的后几句是抒情。诗人留恋这里的美景，却又因不能在京师久留而伤怀，一想起这些，诗人泪如雨下，头发也要愁白了！

谢朓的诗已能做到情景交融，诗中对春江晚景的描写尤为出色。"余霞散成绮，澄江静如练"，这一联比起大谢的"林壑敛暝色，云霞收夕霏"，似乎更胜一筹！

小谢诗中名句很多，像"天际识归舟，云中辨江树""鱼戏新荷动，鸟散余花落""大江流日夜，客心悲未央""朔风吹飞雨，萧条江上来"，都是神来之笔。

谢朓的诗里已经有了唐人的气息，在当时就深受人们推重。梁武帝说：我三日不读谢诗，便觉口臭！——这真是极高的赞誉。

"蓬莱文章建安骨，中间小谢又清发"，这是唐代大诗人李白对谢朓的夸赞。李白登九华山时，还感叹说："恨不携谢朓惊人诗句来，搔首一问青天耳！"感慨里带着钦慕！

安徽宣城谢朓楼

大谢开创了山水诗派，小谢是这一派中成就最高的诗人。他们的诗还直接影响到唐代王维、孟浩然的山水田园诗派。

鲍照：叹息"行路难"，感慨《芜城赋》

谢灵运死后五六年，有个二十岁的年轻人到建康来谋官。他拿着自己的诗向临川王刘义庆毛遂自荐，别人劝他：你身份微贱，还是别去惊动大王的好。年轻人勃然大怒，说：千百年来不知多少英才被埋没掉了！大丈夫哪能揣着本事，跟燕雀一块儿碌碌无为地混日子！

刘义庆挺喜欢这个小伙子，更欣赏他的诗。不但赏赐他财物，还提拔他做了官——他就是南朝著名诗人鲍照（约414—466）。

鲍照继承汉魏民歌的传统，写了不少乐府诗，其中最有名的要数《拟行路难》十八首。——"行路难"是乐府古题，鲍照出身寒微，一辈子受压抑，深感在这个世界上"行路"不易。《拟行路难》就处处体现了他的人生感叹。像其中第四首：

鲍照雕像

泻水置平地，
各自东西南北流。
人生亦有命，

安能行叹复坐愁。

　　酌酒以自宽，举杯断绝歌路难。

　　心非木石岂无感？吞声踯躅（zhízhú）不敢言。

诗人到底为什么而痛苦？诗中始终没说出来。可说不出来的痛苦比说得出的还要煎熬人，从这首诗里，正可以看出这一点来。第六首的情绪更加激愤，这可能是罢官以后作的：

　　　　对案不能食，拔剑击柱长叹息。

　　　　丈夫生世能几时，安能蹀躞（diéxiè）垂羽翼？

　　　　弃置罢官去，还家自休息。

　　　　朝出与亲辞，暮还在亲侧。

　　　　弄儿床前戏，看妇机中织。

　　　　自古圣贤尽贫贱，何况我辈孤且直！

对案不食，拔剑击柱，诗人的心情激愤到了极点！他宁可辞官不做，也不愿小心翼翼地迈着步、垂着翅膀过日子。

　　鲍照诗中还有一些描写征夫生活的乐府诗。如《代出自蓟北门行》写战士奔赴边塞，誓死卫国。诗中把北方边塞的恶劣环境刻画得十分逼真："疾风冲塞起，沙砾自飘扬。马毛缩如猬，角弓不可张！"——战士们就在这样的环境中"投躯报明主，身死为国殇"，壮烈异常！

　　鲍照的辞赋代表作是《芜城赋》。他笔下的"芜城"是指广陵城，也就是今天的江苏扬州。西汉时，那里原是吴王刘濞的治所。赋中铺写广陵城当年的繁华景象：

> 当昔全盛之时，车挂辖（wèi），人驾肩。廛闬（chán
> hàn）扑地，歌吹沸天。孳货盐田，铲利铜山；才力雄
> 富，士马精妍……

从前的广陵城多繁华：城中人烟稠密，车水马龙。遍布民居商肆，
人们安居乐业，到处人声嘈杂、乐声鼎沸。城池主人雄霸一方，靠
着盐田、铜山之利，财富滚滚而来；手下人才济济、兵精粮足……

可是屡经战乱，广陵城早已变了模样。鲍照登城观览，被
眼前的荒芜景象深深震撼，但见荒草遍野、狐鼠满城；风雨大作
时，城中狼嚎鬼哭，景象万分恐怖！诗人抚今追昔，于是写下这
篇《芜城赋》。——赋中还揭示了盛衰之理，富于哲学意味。而以
赋体记述历史，这在以前还没人尝试过，鲍照是头一位！

鲍照曾担任前军刑狱参军，因而世称"鲍参军"。

今日扬州

梦失彩毫，江郎才尽

谢朓写诗，已注意到声律和对仗。他跟沈约（441—513）共同开创了"永明体"。永明（483—493）是南朝齐武帝的年号。这一派诗歌很讲究诗歌的音调谐美，沈约还为此总结出"四声八病"的规律来。

沈约的诗写得并不出色，但他的声调理论推动中国诗歌从自由的古体，走向格律严整的近体，意义重大。——也有人说，沈约是从佛教的唱经规律中获得启发的。南北朝时，佛教对中国文化的影响已经十分明显。

南朝到了梁、陈两代，宫廷中又兴起一种"宫体诗"，倡导者是梁简文帝萧纲和一批贵族诗人。宫体诗专门描写淫靡色情的生活，特别讲究辞藻、音律和用典。这种不健康的诗风，在诗坛上统治了半个世纪。

不过，这期间也出现了几位有成就的文学家，例如江淹（444—505）就是出色的辞赋家，《恨赋》《别赋》都是他的赋中名作。《别赋》的开头是这样写的：

> 黯然销魂者，唯别而已矣。况秦吴兮绝国，复燕宋兮千里；或春苔兮始生，乍秋风兮暂起。是以行子肠断，百感凄恻，风萧萧而异响，云漫漫而奇色。

接着诗人描绘了各种各样的离别，有富人的，有剑客的，有征夫的，有情人的……赋中借助景物来渲染人的离愁别恨，读了

江淹故里：皖南旌德江村

催人泪下！

据说江淹晚年曾做过一个梦，梦见诗人郭璞对他说：您借了我的五色笔，这会儿该还给我了吧！江淹便真的从怀里掏出一支笔来还他。可从那以后，江淹才气大减，竟写不出一篇好文章来！"江郎才尽"的典故，就是由这儿来的。——这当然只是传说啦。不过江淹后来官儿做得很大，文才因而被消磨，也是事实。

移文拒小人，飞书召降将

跟永明体诗风接近的，还有孔稚珪（447—501）。不过跟诗歌相比，他的骈文写得更出色。

骈文是汉赋的一种变体，句子多是成双成对的——"骈"就有并列、成双的意思。因骈文多用四字或六字句，又称"四六文"。这些篇章读起来音调铿锵（qiāng）、朗朗上口，富于音乐美。只是骈文不讲求押韵，这一点与赋不同。——骈文日后成为应用文体，朝廷的诏书啦，官府的布告啦，乃至审案时的判词，往往爱用这种骈四俪六的华丽文体。

孔稚珪的骈文佳作是《北山移文》。北山指的是钟山，也就是金陵城外的紫金山。南齐时有个叫周颙（yóng）的，在钟山隐居，做出清高的样子，后来却跑去朝廷做官。孔稚珪对此十分气愤。当周颙再次路过钟山时，孔稚珪便写了这篇文章，借着山灵之口斥责周颙。

在孔稚珪笔下，山峦草木都动员起来，愤怒地拒绝这个庸俗而伪善的家伙，不许他路过此地，让钟山再度蒙羞！这种拟人化的手法运用得很成功，加上整齐的句式和响亮的音节，给人淋漓痛快的感觉。——然而孔稚珪自己却在朝廷里做着高官，他的文章，更像是游戏文字。

说到南朝的骈文作家，不能不提丘迟（464—508）。他有一篇《与陈伯之书》，堪称骈体书信的佳作。——陈伯之原在梁朝为官，后来投降了魏。丘迟便以私人名义写信给他，又是责备，又是劲说，还

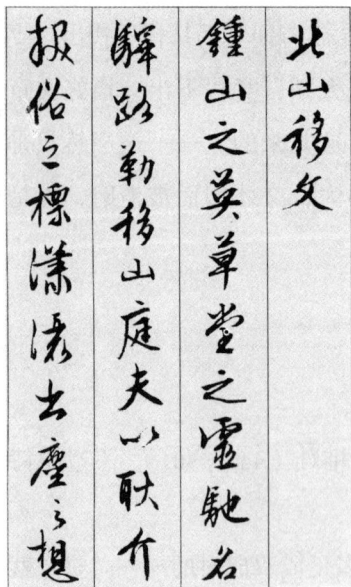

文征明书《北山移文》（局部）

拿乡情来打动他：

> 暮春三月，江南草长，杂花生树，群莺乱飞。见故国之旗鼓，感平生于畴日。抚弦登陴，岂不怆悢？

丘迟的文章句用四六，音韵谐美，把江南的春天写得那么美，勾起了陈伯之的思乡之情，终于重归梁朝。丘迟的一支笔，敌过一支军队！

这一时期的南朝诗文作家还有吴均（469—520）、何逊（472—519），这两位都是描摹风景的好手。只是吴均擅长散文，有一篇《与宋元思书》，描摹江南景色，真是写绝了！信中写富春江的水："水皆缥碧，千丈见底。游鱼细石，直视无碍……"这景象有多美！

何逊则擅长诗歌，听听这首《相送》：

> 客心已百念，孤游重千里。
> 江暗雨欲来，浪白风初起。

江面上风雨欲来，那风吹着雨点儿，就要打到你脸上来了！——杜甫很推重这位前辈，写诗说"颇学阴何苦用心"，这里的"何"就是何逊，"阴"则指陈朝诗人阴铿（约511—约563）。阴铿诗风与何逊相近，也以写景见长。像"潮落犹如盖，云昏不作峰。远戍惟闻鼓，寒山但见松"（《晚出新亭》），已有唐诗的气象。

"庾信文章老更成"

北朝的文坛又如何？北朝最著名的文学家，非庾信（513—581）莫属。他本是南朝梁人，奉梁元帝之命出使西魏，想要回国时，梁朝已经灭亡。没办法，很不情愿地做了西魏的官——居然做到骠骑大将军、开府仪同三司，因而世称"庾开府"。到了北周时，他官做得更大，可内心的痛苦却无处诉说。有一首小诗《寄王琳》，是他写给南方好友的：

> 玉关道路远，金陵信使疏。
>
> 独下千行泪，开君万里书。

南北阻隔，通信不易。好不容易盼到老友从金陵寄来的书信，还没打开，已是泪流满面。——短短四句，把家国之思和故人之情抒写得淋漓尽致，胜过千言万语。

庾信久留北方，他的诗也一改纤柔的南方情调，染上苍劲的北国色彩。有一组《拟咏怀》，共二十七首，吟咏对身世的感伤及对故国的哀悼。像"胡笳落泪曲，羌笛断肠歌"，"楚歌多恨曲，南风多死声。眼前一杯酒，谁论身后名"，都是十分沉痛的诗句。再如"阵云平不动，秋蓬卷欲飞"，写出战场的凝重气氛，令人如身临其境。

说到辞赋，庾信的《哀江南赋》是南北朝辞赋中第一流的作品。这篇赋是他晚年所作，赋中追叙了自己前半生的经历，详述了梁朝亡国的惨痛历史。赋中写到江陵破城后，百姓被虏往北方的情景：

> 水毒秦泾，山高赵陉（xíng）。十里五里，长亭短亭。……雪暗如沙，冰横似岸。逢赴洛之陆机，见离家之王粲。莫不闻陇水而掩泣，向关山而长叹！

赋中用饱带情感的笔墨，描摹了被掳百姓千里流亡的惨痛画面！用典虽多，却都自然贴切，毫无堆砌之感。加上气韵贯通，语调铿锵，读时只觉得苍凉悲壮之气扑面而来！

赋前有序言，是用骈体撰写的，其中"日暮途穷，人间何世！将军一去，大树飘零；壮士不还，寒风萧瑟"等句，也都流传众口。——跟一般宣泄个人哀乐的诗文相比，庾信抒发的是对

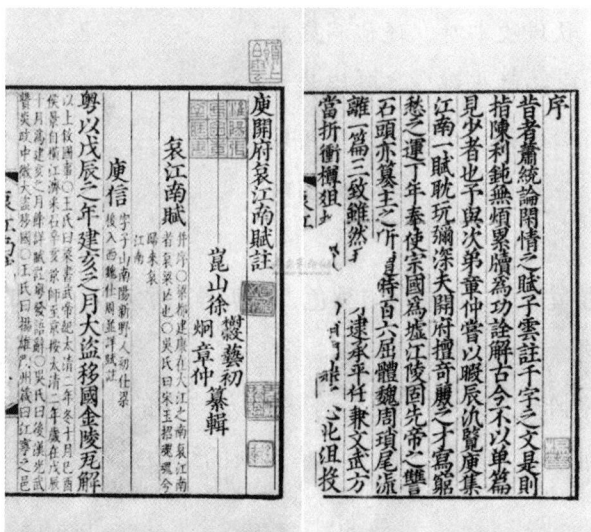

《哀江南赋注》书影

国家、民族的大悲大痛，因而有着震撼人心的力量！而以赋体记述历史，这还是继承鲍照《芜城赋》的传统呢。

庾信诗在格律上也有所发展，所作的五、七言诗与唐诗相近。他的诗还融合了南北诗风，既是对南北朝诗歌的总结，又开启了唐诗的伟大时代。

杜甫十分推崇庾信，称赞说："庾信文章老更成，凌云健笔意纵横。"又说："庾信平生最萧瑟，暮年诗赋动江关。"在称赞李白时，杜甫还有"清新庾开府，俊逸鲍参军"的诗句，把庾信的诗歌风格总结为"清新"。

北朝文学家还有一位王褒（约513—576），他跟庾信的遭遇相似，也是被北朝俘虏的南方人，被迫做了北朝的官儿。他的诗风也跟庾信相近，听听这首《渡河北》：

> 秋风吹木叶，还似洞庭波。
> 常山临代郡，亭障绕黄河。
> 心悲异方乐，肠断陇头歌。
> 薄暮临征马，失道北山阿。

诗人身在黄河边，眼见北方秋色，耳听异国歌吹，心中却想着洞庭的景物，思乡之情溢于言表。

后来陈朝跟北周通好，许多南方被俘的士人都被准许回国，唯独庾信和王褒，因为才华出众的缘故，周武帝不肯放他们回国。

郦《经》颜《训》，散文动人

北朝还出现了几部用散文写作的学术著作，有着挺高的文学价值，如郦道元的《水经注》、杨衒（xuàn）之的《洛阳伽蓝记》和颜之推的《颜氏家训》。

郦道元（约470—527）本是北魏官员，读过许多书，跑过许多路。他对一本魏晋无名氏所作的《水经》很感兴趣，那是一部专记河流情况的地理书。然而郦道元嫌它过于简略，决心给它作一番注疏，于是便有了这部《水经注》。

《水经》原书记录了一百三十七条河流的状况，郦道元的《水经注》又增加了一千一百多条，所注文字是原书的二十倍！注文中包含了大量与河流有关的地理、历史、风土人情、民间传说等材料。单是参考引用的书籍，就有四百多种！不少章节，单独摘出来就是十分优美的风景散文。譬如书中《江水注》中《巫峡》一节，就是自古传诵的名篇。

三峡长七百里，两岸"重岩迭嶂，隐天蔽日，自非亭午夜分，不见曦月"。这里四季景色不同，而巫峡的秋天景色最撩人：在久雨初晴的日子或严霜如雪的早晨，寒冷肃杀的林间就会传来猿猴的啼叫，"空

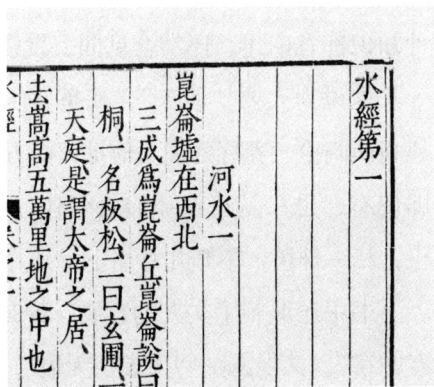

《水经注》书影（局部）

谷传响，哀转久绝"，那叫声仿佛就回荡在读者的耳边。篇末以渔歌"巴东三峡巫峡长，猿鸣三声泪沾裳"做结，留有不尽的余味。

再来看杨衒之（生卒年不详，活动于547年前后）的《洛阳伽蓝记》——"伽（qié）蓝"是梵语"佛寺"的意思。北魏迁都洛阳后，统治者崇信佛教，修了许多宏伟壮丽的佛寺。杨衒之曾在北魏为官，亡国后再过洛阳，但见"城郭崩毁，宫室倾覆。寺观灰烬，庙塔丘墟"。他心中感慨，于是写下这部书。

书中专记洛阳的佛寺，借此描绘了帝都当年的繁华气象。书中还兼写跟寺庙有关的历史故事，也包括一些神话传说。

杨衒之特别擅长描摹佛寺建筑，如写永宁寺的九级佛塔，说是"金盘炫日，光照云表，宝铎含风，响出天外"（宝铎：指塔檐上的铃铛）；又说"至于高风永夜，宝铎和鸣，铿锵之声，闻及数十里"，令人如闻其声。

《颜氏家训》的作者颜之推（531—595）在南北两朝都做过官儿，他历经丧乱，见识了社会上的种种黑暗，于是用浅近的文言写了家训二十篇，为子弟们树立起立身处世的准则。书中对各种知识都有论述，还结合见闻，发表自己的看法。

他说为人要"涉务"，就是实实在在干一点儿事，不要一味地高谈阔论、养尊处优。他批评南方的贵族多少代也没有务农的，即使有，也只是让童仆们去劳作，自己"未尝目观起一坺（fá）土，耘一株苗，不知几月当下，几月当收"，几乎成了废物。

书中还讽刺了文人的迂腐，说是"博士买驴，书券三纸，未有驴字"。又揭露一些人虚伪无耻，爹娘死了，用巴豆涂脸生疮，来表示自己非常孝顺，仿佛泪水把脸颊泡烂了似的。

《颜世家训》得到广泛流传，成了封建时代的教子课本。

亡国之君也吟诗

"杨坚是北周的大司马，公元581年，他逼迫周静帝宇文阐让位，灭周建隋，是为隋文帝。九年后，他派儿子杨广率兵南下，攻打陈朝，俘虏了陈朝皇帝陈叔宝。至此，南北朝终结，华夏自西晋末分裂近三百年，终于重归统一。

"说来可笑，陈朝后主陈叔宝居然也会作诗。他在位时懒得管理政事，每天带着七八个妃子、十来个幸臣鬼混，通宵达旦饮酒作乐。直到隋军渡过长江，攻破建业，他才发现事情不妙，慌慌张张逃出景阳殿，跳进一口井里。

"半夜，隋兵听见井中有人喊救命，便放下绳子去。奇怪，怎么拉不动？等拼命拽上来才看到，绳子那头竟坠着三个人：陈后主和他两个心爱的妃子！——后主就这样当了贻笑千古的亡国之君。

相传当年陈后主曾入此井中

"陈后主专爱作淫靡浮艳的宫体诗，其中有一首题为《玉树后庭花》，后面几句是：

> 妖姬脸似花含露，玉树流光照后庭。
> 花开花落不长久，落红满地归寂中！

你看，人是美人，景是美景；可这一切都是过眼烟云，终会像落花一样归于沉寂。——诗中映射的，是这个昏庸君主得过且过的颓唐心态；而"后庭花"也因此成为'亡国之音'的代名词！

"接下来的隋朝（581—618），情况有点儿像秦，从建国到失国只有三十几年。隋炀帝杨广是隋朝第二位君主，他醉心南朝文化，连说话也学着南方的腔调。他也写诗，看看这首《野望》：

> 寒鸦飞数点，流水绕孤村。
> 斜阳欲落处，一望黯销魂。

虽比不上大家之作，读着还是有那么一点儿味道。——不过他心高气盛，骄奢淫逸。登基后大兴土木，又是营建东都，又是开凿大运河，还频频发动战争，结果引发全国性农民大起义。隋炀帝也被手下将军宇文化及杀死在江都，隋朝随之灭亡。

"由于立国时间短，隋朝的诗人全是前朝'遗老'，像卢思道、杨素、薛道衡等。读一读薛道衡的一首小诗：

入春才七日，离家已二年。

人归落雁后，思发在花前。

这首题为《人日思归》。'人日'是指正月初七。前面咱们讲神话时说过，老天在正月初一创造了鸡，初二创造了狗，第七天才创造人。每年这日，人们要合家庆贺。独自在外的诗人不能赶回去团聚，惆怅的心情全都蕴含在这短短四句中。"

第 **16** 天

六朝民歌、小说、文学批评

北朝乐府《木兰诗》

天可真热，大槐树上的知了拼命地叫着。吃过晚饭，爷爷照例来到槐树下，沛沛早已摆好藤椅和茶几等着呢。

"爷爷，南北朝也有民歌吗？"沛沛问道。

爷爷说："怎么没有？无论南方还是北方，乐府民歌的传统始终没断过线儿。此外，六朝又是文言小说和文学批评兴起的时代，咱们今天都说说。——讲到民歌，有一首《木兰诗》，你一定听说过吧？"

沛沛说："听过，小时候奶奶还教我背过呐：'唧唧复唧唧，木兰当户织。不闻机杼声，唯闻女叹息……'木兰是个女孩子，女扮男装，替父从军。可战友竟没人知道她是女孩儿。诗的结尾最有意思，写木兰回到家中的情景：开我东阁门，坐我西阁床，脱我战时袍，著我旧时裳。当窗理云鬓，对镜帖花黄。出门看火伴，火伴皆惊惶：'同行十二年，不知木兰是女郎。'"

爷爷说："看来沛沛的童子功没白练！《木兰诗》是北朝民歌的代表，又叫《木兰辞》，是长篇叙事诗。有人把她跟《孔雀东南飞》相提并论，称之为乐府叙事诗的'双璧'。"

沛沛想了一下，说："我记得《孔雀东南飞》和蔡琰的《悲愤诗》也称作乐府叙事诗的'双璧'呢。"

爷爷说："没错。文坛上的'双璧'啊，'三绝'啊，这类说法不少，也会有交叉重叠。总之，是说这些作品出类拔萃就是了。"

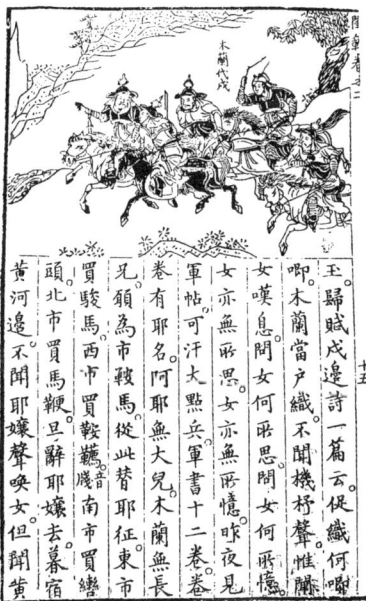

王归赋戍逞诗一篇云促织何唧唧
木兰当户织不闻机杼声惟闻
唧唧复唧唧
阿爷无大兒木兰无長兄
军书十二卷卷卷
昨夜见
女亦无所思女亦无所憶
女嘆息問女何所思問女何所憶
阿耶無大兒木兰無長兄
願爲市鞍馬從此替耶征
東市買駿馬西市買鞍韉南市買轡
頭北市買長鞭旦辭耶孃去暮宿
黄河邊不聞耶孃喚女但聞黄
河流水鳴濺濺

《木兰诗》

风吹草低见牛羊

北方由于少数民族杂居，加上地理环境以及连年烽烟的影响，乐府民歌中透着一股刚劲、质朴、直率的劲儿。像这两首《企喻歌》，都是写战争的：

> 男儿欲作健，结伴不须多。
> 鹞子经天飞，群雀两向波。

> 男儿可怜虫，出门怀死忧。
> 尸丧狭谷中，白骨无人收。

前一首写出健儿冲锋陷阵的勇武气概。他们像鹞鹰一样冲天一飞，成群的敌人吓得如鸟雀一样四散逃走。后一首写战争的残酷，战死的士兵抛尸荒谷，景象凄惨。

不过北朝民歌中也有情歌——即便是情歌，也跟南朝的大不相同，譬如《折杨柳枝歌》：

> 门前一株枣，岁岁不知老。
> 阿婆不嫁女，那得孙儿抱。

这位北方少女把爱情的愿望表达得那么坦白直露，绝不遮遮掩掩、羞羞答答。又如：

> 驱羊入谷，白羊在前。
> 老女不嫁，踏地唤天！

北朝雕刻精美的石柱础

这一首中的女子，对爱的要求更直截了当，带着几分泼辣和强悍！

有的民歌本是用少数民族语言歌唱的。像《敕（chì）勒歌》，那本是鲜卑族民歌，翻成汉语就是：

> 敕勒川，阴山下。
> 天似穹庐，笼盖四野。
> 天苍苍，野茫茫，
> 风吹草低见牛羊。

诗中歌唱草原的辽阔苍茫，意境辽远。据说东魏大将高欢伐周失利，自己也生病在床。敌人造谣说他死掉了。高欢为了稳定军心，勉强起床，召集贵族聚会，命手下将士唱《敕勒歌》，自己在一旁帮腔应和。——想来那曲调一定是苍凉悲壮，激励人心的！

子夜吴歌南朝曲

在南朝，官设的乐府机关也搜集民歌。这些民歌按地域可分为"吴歌"和"西曲"。前者产生于长江下游、现在的南京一带；后者则是长江中游、汉水两岸的民间之声。

吴歌中的《子夜歌》最有名。其中有这样一首，写爱情的来之不易：

> 高山种芙蓉，复经黄蘖（niè）坞。

果得一莲时，流离婴辛苦。

歌中的感情表达得很含蓄，用了一连串象征、暗喻和双关的手法。你看，在高山没水的地方种荷花本来就是件难事，还要经过象征着辛苦的黄蘗坞；即使采到莲子，也不知要费多少周折、受多少磨难！——"黄蘗"是一种乔木，果实味苦。而"莲"则与"怜爱"之"怜"是谐音，暗示得到情人的怜爱实在不易！

另一首虽然也是歌咏爱情的，却泼辣得多：

打杀长鸣鸡，弹去乌臼鸟。

愿得连冥不复曙，一年都一晓。

这位姑娘夜间跟情人幽会，生怕天一亮情人就要离开，因此要"打杀""弹去"报晓的长鸣鸡、乌臼鸟，让一年当中只有一个早晨！这正应了"欢娱恨夜短"那句古话。——这样热烈而大胆的夸张，在文人的诗篇里是不会出现的。

"西曲"民歌保存下来的较少，内容大多是男女送别或妻子思念丈夫等题材。有一首题为《拔蒲》：

朝发桂兰渚，昼息桑榆下。

与君同拔蒲，竟日不成把。

这个女子同情人一同拔蒲草，一整天也没拔满一把。——她的心被爱情陶醉着，效率又怎么能高？

"小说"一词从哪儿来

再来看看小说，魏晋南北朝正是小说的萌芽阶段。

在中国，"小说"这个字眼儿最早出现在《庄子·外物》篇，里面有个"任公子钓大鱼"的寓言故事，说巨人任公子蹲在会稽山上，把钓钩甩到几百里外的东海里，耐心等着鱼上钩。——别人钓鱼用半条蚯蚓做钓饵，任公子的钓饵却是几十头小牛！他等了一年，才钓到一条大鱼。鱼有多大？他把鱼切碎晾成干儿，全浙江的老百姓都吃得饱饱的！

寓言结尾处便出现了"小说"一词，作者说：有人拿琐碎浅薄的学识（"小说"）来装点自己，却想获得大名声；这就跟守着小水沟子钓泥鳅的人，却梦想收获任公子的大鱼一样，真是不自量力啊！——显然，这里的"小说"跟今天的"小说"不是一个概念！

到了汉代，"小说"的内涵又有改变，照班固的说法，是指"街谈巷议""道听途说"等野史传闻。——直至魏晋南北朝，文坛上才出现像样的小说作品。

咱们说的"像样"，是指符合今天的小说概念：那是一种叙事文体（叙事其实就是"讲故事"），里面有人物，有情节，还少不了环境描写。

只是六朝时的小说全是文言短篇，又称"笔记小说"——白话小说的兴起还要等到四五百年后的宋元时期。

《搜神记》：《马皮化蚕》与《张助种李》

按照题材的不同，六朝笔记小说大致可以分成"志怪""轶（yì）事"两大类。

志怪小说顾名思义是专记神怪故事的，这跟当时盛行佛教、道教以及神仙方术有关。有《神异记》《异苑》《续齐谐》等，最有代表性的还要数《搜神记》。

《搜神记》的作者是东晋人干宝（？—336）。他是位史学家，写过史书《晋记》，《搜神记》只是他的"业余"创作。可惜《晋记》没能传下来，倒是《搜神记》使他名扬后世。

《搜神记》可以称作一部半真半假的书籍，其中有荒诞迷信的方外奇谈，也有一些自然现象的记录，像妇女一胎生了仨儿子，一头牛长了五条腿之类。——尽管书中有不少神鬼怪异、死而复生的故事，干宝却坚持认为那都是真实发生的事，说他写这部书的目的，就是要证明"神道之不诬"（鬼神之事不是谎言）。

《搜神记》中还记录了一些民间神话传说，如《盘瓠（hù）》《马皮化蚕》等便是。就说说这后一篇吧。

相传远古时有个男子随军出征，家中留有女儿和一匹马。女儿思念爹爹，便开玩笑似的对马说：你能替我把爹接回来，我就嫁给你。这马听了，"咴咴"叫了几声，一仰头扯断缰绳，跑出了家门，不久真的把男子接回了家。男子见女儿平安无事，也就放了心。可那匹马却不饮不食，一见女孩儿就又踢又叫。男子感到奇怪，私下问女儿，女儿只好实话实说。这还了得！男子趁马不备，将它射死，剥下的马皮就晾在院子里。

一天男子出门，女儿跟邻家女孩在院子里玩耍。从马皮旁经过时，女孩踢了一脚说：你这畜生，还想娶人做妻子，招来剥皮之祸，真是自讨苦吃！话音未落，那马皮仿佛被风吹起，一下子裹住女孩儿，旋转而去。

几天后，男子和邻居才在一棵大树的枝杈上找到女孩儿，而已经化作蚕，正在树上吐丝呢。邻家有人把蚕取回家饲养，所结的蚕茧纹理厚大，是普通蚕茧的几倍！女孩儿化蚕的这棵树，也被称作桑树——"桑"与"丧"同音，用以纪念死去的女孩儿。周围百姓也都竞相引种饲养，后世人们所养的蚕，便都是这一种。

别以为《搜神记》里的故事都带"迷信"色彩，里面也有"破除迷信"的故事哩。例如那篇《张助种李》，说农夫张助下地干活儿，在田垄中捡到个李子核，于是随手栽在地头桑树窟窿的泥土中，还浇了点儿水。

一天，有人忽然发现桑树中竟长出一棵李树苗来，大为惊奇。刚好有人患眼病，便到李树前祷告说：李君（他这样称呼这棵神奇的李树），您若能医好我的眼睛，我情愿奉献一口小猪给您！——碰巧他的眼病真的好了。于是这事越传越邪乎，都说李君能让盲人睁眼！

一年以后，张助出远门归来，见自家地头停着无数车马，摆满了祭祀的酒肉，都是来求李君保佑的。张助说：哪儿有什么"李君"，这棵小李树是我种的！说着动手把树拔掉，人们也都一哄而散！

李寄、赤比，少年英雄

《搜神记》中也记录了一些情节生动的民间故事。其中有一篇《李寄》，说闽地山中有大蛇为害，迷信的人们年年用十二三岁的小女孩去祭它。老百姓为此吃尽了苦头。有个名叫李寄的小女孩偏偏不信邪，她主动要求以身祭蛇。

李寄带了一条猎狗，怀揣着一把利剑，潜藏到蛇洞附近，还用好几石米和了蜜做成大米团，放在蛇洞口。蛇从洞里爬出来，它"头大如囷，目如二尺镜"［囷（qūn）：一种圆形谷仓］，样子可怕极了。

蛇闻到香味，先吃掉大米团。李寄不失时机地放出猎犬咬它，又跟在后面用剑猛砍。蛇大概吃得太饱，动作不灵吧，终于被李寄杀死了。李寄从洞中找到九副女孩儿的白骨，叹气说：就因为你们太怯懦，才被蛇吃掉，真是太可怜了！——这个故事歌颂了李寄这个又机灵又勇敢的小英雄。想到她是女孩儿，尤其让人钦佩。

另有一篇《干将莫邪》，是以反抗强权为主题。楚国有个铸剑师叫干将，花了三年工夫为楚王打造了一对雌雄剑。干将自知超过楚王规定的期限，必死无疑，于是藏起雄剑，只把雌剑献给楚王。楚王果然把他杀了。

干将死后，妻子莫邪生下个遗腹子，取名赤比。赤比长大后，决心替父报仇。他取出雄剑，赶往京城，寻机刺杀楚王。可是楚王戒备森严，反把赤比逼进山中。

赤比在山中遇到一个怪人，那人答应替他报仇，条件是

铸剑图

"借"他的头和剑一用，赤比答应了。于是怪人带着赤比的头和剑面见楚王说：这是勇士的头，应该放到开水中煮。

头煮了三天三夜，不但没有煮烂，还从水中跃起，怒目而视。怪人又说：大王亲自来看一看，头就会煮烂的。楚王果真临近去看。这时怪人挥起雄剑，把楚王的头砍入汤锅，自己也随即自刭。——三颗头顷刻煮烂，再也分辨不出哪颗颅骨是楚王的。楚臣只好把骨皮分成三份埋了，称为"三王墓"。

寻常百姓敢于反抗暴君，死后还享受帝王的待遇，这无疑体现了百姓对抗暴英雄的钦敬！

此外，像《韩凭夫妇》《吴王小女》《东海孝妇》等，也都各有意义。有的还被后人编成话本或戏曲。

《搜神记》内容丰富多彩，但描写的技术却还停留在"粗陈梗概"的水平上。也是，干宝是拿它们当史实来记述的，故事自然缺乏描摹修饰，显得枯燥。——真正现代意义上的小说，要到唐代才出现。

《世说新语》，名人轶闻

轶事小说又叫志人小说。魏晋时的士大夫，都追求玄妙的谈吐、高雅的风度。轶事小说就专门记述高官名士的言行轶事。像《西京杂记》《语林》《郭子》《世说新语》《俗说》等，都属此类，其中《世说新语》名气最大。

《世说新语》的编者刘义庆（403—444）是南朝宋的宗室，受封临川王——前边说过，鲍照就曾受过他的奖掖提携呢。

《世说新语》又分为德行、言语、政事、文学、方正、雅量、识鉴、赏誉、品藻、规箴（zhēn）等三十六门。书中涉及的人物大多是生活在汉末至东晋的上层人物。所记录的言行，有的来自传闻，有的抄自他书，不见得可靠。但一段一段，很有味道。

譬如"言语"一门，专记高士名流所讲的"漂亮话"。有一则说：东晋官员顾悦跟简文帝同岁，简文帝满头黑发，顾悦却是头发花白。简文帝问他缘故，他回答："蒲柳之姿，望秋而落；松柏之质，经霜弥茂！"——我就像那平凡的蒲草河柳，不

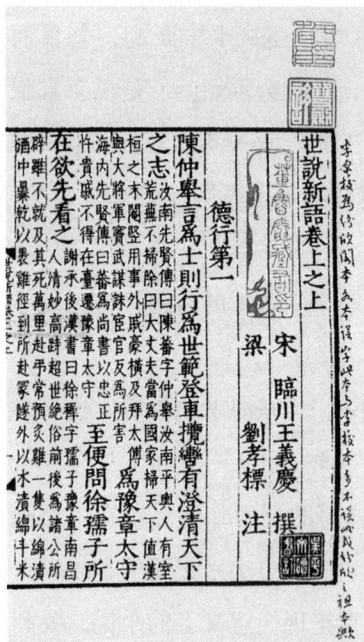

《世说新语》书影

到秋天枝叶就衰落了；哪比得上您，像是松柏，虽经霜雪，依然茂盛！当时人认为顾悦应答得体，其实不过是会"拍马屁"罢了。

还有些言辞对答，妙在思维敏捷、应答如响。诸葛恢和王导争论家族姓氏的排名，王导说：人们提到咱们两个家族，为啥不说"葛、王"，而说"王、葛"呢？诸葛恢应声答道：这就像人们习惯说"驴马"而不说"马驴"一样，难道驴比马强吗？——你不能不佩服诸葛恢的头脑敏捷。也难怪，他的祖父诸葛诞是诸葛亮的族弟，诸葛家族人才济济，在魏晋时代出了不少风云人物！

《世说新语》中还有些妙言隽语，出自少年之口。例如孔融十岁时，曾到李元礼家做客。李元礼是高官，府上来往的都是贵族名流或李家亲戚，其他人概不接待。

孔融来到李家门首，让人通报说：我是李府君的亲戚。李元礼接见时问他：咱两家是啥亲戚？孔融从容答道：我的祖上孔仲尼跟您的祖上李伯阳（即老子）有师生情分，所以我们两家有通家之谊啊。——原来，史书中有孔子向老子求教的记载，孔融利用两家的姓氏，巧妙地回答了主人。

故事还没完，有个客人晚到，听到这事，说了句："小时了了，大未必佳。"（小时聪明伶俐，长大后不见得怎样。）孔融应声答道："想君小时必当了了。"这话里隐含讥刺，那客人被噎得张口结舌，说不出话来。

遗金试贪廉，食卵见真性

《世说新语》的语言简洁无华，叙事态度客观，但也含着褒贬。在"德行"篇中，就有这么一段：

> 管宁、华歆共园中锄菜，见地有片金，管挥锄与瓦石不异，华捉而掷去之。又尝同席读书，有乘轩冕过门者，宁读如故，歆废书出看。宁割席分坐，曰："子非吾友也！"

一个见了金子跟没看见一样，另一个捡起来看看才丢掉；一个人对做大官、乘高车的排场毫不动心，另一个却扔下书跑去看热闹。虽然作者不置可否，读者却已经看出谁优谁劣来。管宁最终的决绝态度，更显出他节操的高尚。

《世说新语》的核心思想是崇尚自然。对一些行为狂放、不受礼法约束的人，书里总带着欣赏的态度去描写。就说竹林七贤中的刘伶吧，他喜欢酗（xù）酒，喝醉了甚至在屋里脱得一丝不挂。别人责备他不像样子，他却理直气壮地反驳说：我拿天地当房屋，拿居室当衣裤，明明是你们钻到我的裤子里来了嘛！

《世说新语》还擅长寥寥几笔勾画出人物的性格。《忿狷》篇里刻画一个急性子的人时，这样描写：

> 王兰田性急，尝食鸡子，以箸刺之，不得，便大怒，举以掷地。鸡子于地圆转未止，仍下地以屐齿碾之，又不得，瞋甚！复于地取内口中，啮破即吐之！

作者把王兰田吃鸡蛋的动作写活了，一刺、一掷、一碾、一内、一啮、一吐，一个急性子的火暴脾气被描画得活灵活现！

书中也保留了一些首尾完整的传说故事。像《自新篇》里有个周处除三害的故事：周处年轻时凶狠霸道，乡亲们都怕他，把他同水中恶蛟和南山猛虎合称"三害"。有个人就去劝说周处杀虎斩蛟，指望来个"三败俱伤"。

周处真的到山中杀死了猛虎，又跳到水里跟蛟龙顺水浮沉，搏斗了三日三夜，终于杀死恶蛟。乡亲们都以为周处与恶蛟同归于尽了，正拍手称庆呢！

周处这才知道，原来自己是大家心目中最大的祸害，他决心改过自新。从此周处投师访友，认真学习，终于成了国家的栋梁之材。这个故事后来被人们编成戏剧，至今还在戏台上演出！

《世说新语》文风清淡，意味隽永，历来为人们喜读乐诵。后来不少笔记小说，都刻意模仿它的体制和格调。《世说新语》中的不少故事，也都成了有名的文学典故。

《文心雕龙》讲些啥

汉魏六朝还是文学批评的兴盛时期。前边提到曹丕的《典论·论文》、陆机的《文赋》，还只是单篇的论文。这里要说的《文心雕龙》，却是系统的文学理论专著。

《文心雕龙》的作者刘勰（465—520）早年丧父，穷得连媳妇都娶不上。可是他自幼好读书，年轻时投靠一个叫僧祐的和尚，在寺庙里读了不少佛经，学问大长。后来他到昭明太子萧统手下做通事舍人，很受太子敬重。他精于佛理，还整理过佛经。

《文心雕龙》是刘勰年轻时撰写的。书刚写好时，人们都不大看得上。刘勰就背上文稿，像卖货小贩似的待在路边，专等沈约路过。——沈约在当时官阶很高，又是文学上的权威，他见刘勰挡住车子，就把文稿取来阅读。读着读着，他对眼前这位年轻人不觉肃然起敬，感到这部书"深及文理"，很了不起。从此，《文心雕龙》成了沈约放在手边每日必读的文稿啦。

《文心雕龙》共五十篇，分上下两编。别看刘勰对佛经挺有研究，他的文学观却是儒家的。他认为天地之外有个神秘的"道"，那是人们写文章及做一切事的依据。圣人的文章就是对道进行阐述，"五经"则是一切文章的本源。

以上观点，全包括在全书开头的五篇中，人们把《原道》《征圣》《宗经》《正纬》《辨骚》这五篇看作是全书的纲领。上编的其余各篇阐述了各种文章体裁的源流，对不少作家、作品也做了简要中肯的评价。

这些篇又可分为"论文""序笔"两部分。今天咱们把"文笔"看成一个词，可照《文心雕龙》的说法，文是文，笔是笔。文指有韵的作品，如诗、赋、铭箴之类；笔则是无韵的，像史传、诸子、论说、章表等。

《文心雕龙》封面

教你创作与欣赏

《文心雕龙》用了许多篇章讨论文学的创作问题，其中有不少精辟见解。例如说大自然本身是很美的："云霞雕色，有逾画工之妙；草木贲（bì）华，无待锦匠之奇。"而艺术作品的美，应该是自然之美的反映。又说诗人自身的禀性、气质、才能、学识修养，在创作中也都起着重要作用。

刘勰还看到历代朝政、世风对文学的影响。举例说吧，建安文学"雅好慷慨"（雅好：很喜好），这是"世积乱离，风衰俗怨"的社会环境影响的结果。到了西晋，国运衰败，虽然人才不少，却很难发挥出他们的全部才华。

谈到文学批评，他打比方说："凡操千曲而后晓声，观千剑而后识器。"就是说，演奏过千支乐曲，才称得上通晓音乐；鉴赏过千把宝剑，才说得上懂兵器。也就是说，批评家的平素实践是十分重要的。

《文心雕龙》涉及的内容十分广泛，情和景，神和物，风格和风骨，还有结构、用事、修辞、声律等等，见解卓越，超过了前人。后人称赞它"体大而虑周"，正说中它系统而全面的特点。它是一本教你如何欣赏文学的书，对后世文学欣赏和批评影响极大。

还有一点要提到，《文心雕龙》洋洋数万言，全部是用骈文写成的，文辞的优美是不用说了。可是这么一来，有些地方却又因文害义，影响了表达上的明白显豁，不能不说是美中不足。

镇江文心阁，为纪念刘勰而建

《诗品》：用诗赞美诗

　　天不早了，可爷爷好像还有话要说。沛沛忙在杯子里续上热水，爷爷呷了一口，又接着说道："几乎跟刘勰同时，有位学者钟嵘写过一部《诗品》，是专门评论诗歌创作的。钟嵘（约468—约518）曾在齐、梁做过小官。他对当时的诗风十分厌倦，便写了这部专著表达自己的意见。书中对一百二十二位诗人做出评价，并借用东汉以来品评人物的办法，把诗人分成上中下三品。其中列入上品的十一人，中品的三十九人，下品的七十二人。《诗品》的名字就是这么来的。

　　"钟嵘在《诗品·序》中阐述了自己的文学观点。他反对一味用典，说作诗是为了'吟咏情性'，典故用得多了，写诗就成了抄书啦。他尤其反对沈约等人过分讲究声律的做法，说那样会使'文多拘忌，伤其真美'。这些话，都很有见地。

"他还看到诗人的生活经历与诗歌创作有密切关系。关于这个,《诗品·序》里有一段文辞优美的叙述:

> 若乃春风春鸟,秋月秋蝉,夏云暑雨,冬月祁寒,斯四候之感诸诗者也。嘉会寄诗以亲,离群托诗以怨。至于楚臣去境,汉妾辞宫。或骨横朔野,或魂逐飞蓬,或负戈外戍,杀气雄边;塞客衣单,孀闺泪尽;或士有解佩出朝,一去忘返,女有扬眉入宠,再盼倾国。凡斯种种,感荡心灵。非陈诗何以展其义,非长歌何以骋其情?

"钟嵘对诗人的品评大都三言两语,多的也不过十句八句,却能准确地概括出一位诗人的风格品位。——不过他的眼光并不完全准确,例如他虽然称赞陶渊明是'古今隐逸诗人之宗',却只把他列为中品;而'甚有悲凉之句'的曹操,竟只放到下品里。相反,成就不高的陆机、潘岳等人,反而捧到上品中。这可能是因为时间离得近反而看不清的缘故吧!

"可不管怎么说,《诗品》是我国头一部论诗专著,它不但推动了当时的诗歌发展和创作,对后世诗歌批评的影响也不可低估呢。"

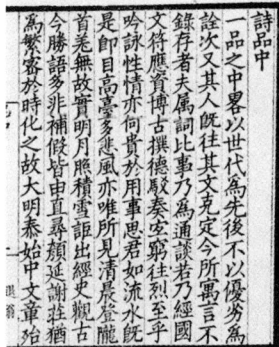

《诗品》书影